Jérôme Meizoz Den Jungen machen

Jérôme Meizoz

Den Jungen machen

Roman

Aus dem Französischen von Corinna Popp

Elster Verlag • Zürich

ISBN 978-3-906903-05-7

Weitere Angaben am Ende des Buches

Dieses Jahr markiert die Rückkehr der Männlichkeit: Körperbehaarung, Falten und einfach der Geruch nach Mann.

Femina, 20. September 2015

Liegt das Wesen meines Seins in ihren Blicken?

Rousseau urteilt über Jean-Jacques

Recherche 1

Nennt ihn «J.», wenn es euch gefällt. Jeder andere Name tut es auch.

Ich sage lieber «der Junge». Der ohne Erinnerung an seine Mutter. Keine Zärtlichkeit, keine Worte, nichts ist geblieben; nicht einmal die Stimme. Färbung, Tonlage, Klang sind verloren. Keine einzige Erinnerung an den Schoss, die Wärme.

Ein unfertiges Wesen.

Die Bilder, die er von der Toten hervorholt, sind verblasst wie alte Abzüge. Ihr Gesicht, der Haarschnitt von damals, der schwarz-weiss gepunktete Wollmantel und vielleicht ein beiges Kostüm?

Was verbindet mich noch mit diesem Jungen, vierzig Jahre danach? Fast nichts. Diese merkwürdige Kreatur wirkt wie in einem leeren Zimmer eingemauert.

Ich kann noch so viel graben, es gibt keinen Eingang. Kaum eine fassbare, wiederbelebbare Gefühlsregung. Flaches Elektroenzephalogramm. Selbst beim Lesen eines Briefes an die Schwerkranke in der Klinik:

Dienstag Abend um 8 Uhr

Mein liebes Mami,

gestern Abend um 8 Uhr lag ich in meinem Bett, und ich habe gebetet und fest an dich gedacht.
Ich bin schon ausgezogen, und weil ich brav war, darf ich ein bisschen den Film schauen. Papa hat einen guten Eierkuchen gemacht.
Jacques geht zum Turnen und Papa Karten spielen.
Fabienne hat die Wäsche gemacht.
Und Madeleine den Abwasch.
Alle denken an dich und ich umarme dich fest.
Bis Sonntag

Dein kleiner J.

Sehr früh schon muss der Junge das Ganze wie auf einem Bildschirm gesehen haben, aus der Distanz. Zwischen ihm und der Welt hat sich etwas zu Glas gehärtet.

Er kann von der Mutter ganz sachlich sprechen, ohne dass ihn Schmerz oder Fassungslosigkeit überkommen. Seine Freunde wundern sich, wie unbewegt er sich über die Verstorbene äussern kann, über ihre letzte Handlung, spektakulär, dramatisch, gegen sich selbst gerichtet.

Der Junge betastet den schützenden, alles einschliessenden Bildschirm. Eine Art Aquarium. Hochsicherheitstrakt.

Was er daraus zieht? Vielleicht später die Rechtfertigung für seine Schreiberei: die Abwesenden wiedereinberufen, die Karten der Zeit neu mischen wollen. Kummer in kleine Freuden verwandeln.

Words, words, words.

Überlassen wir ihn seinen Erklärungen.

Roman 1

Es ist die Zeit des mobilen Lebens, des grossen *Niemals*, der Arbeitsnomaden. Das Dorf, der Waldrand, der *genius loci*, das sind alles abgehakte Kapitel: überall von nun an tosende Verkehrsadern, Kreuzungen und Netzwerke, auf denen es von unzähligen Einsamkeiten wimmelt.

Ein wenig verloren in den Strassen führt der Junge laut Selbstgespräche, autark wie ein kleines Kraftwerk. Telefon, Laptop, MP3-Player mit Musik, Rucksack.

«Immer unterwegs!», rufen ihm die Freunde zu.

Immer dazwischen.

Er ist alt geboren und hat Jahre gebraucht, um jünger zu werden. Hat dabei die Erzählungen zerschlagen, aus denen er gebaut war, eine nach der anderen. Und vielleicht mit ihnen sich selbst zerschlagen.

Er hat kein Geld, für seine Zukunft setzt er aufs Studium, den Abschluss. Das bessere Leben beginnt *danach*. Vor allem eine gute Stelle finden! Unter der Haut das Schreckgespenst der Fabrik: Zurückfallen und es dem Grossvater gleichtun, der von Jugend an in der Fabrik war und da nie wieder rauskam.

Im Sommer übernimmt der Junge kleinere Arbeiten, holzen, helfen bei den Bauern. So bald es geht kehrt er wieder zu den Büchern zurück, wie ein Mönch. So bleiben seine Hände unversehrt. Das unwirkliche Gefühl wird im Laufe der Monate grösser. Er hat Lust, seine Muskeln einzusetzen, den Körper zu spüren, reale Dinge zu berühren. Die Zwänge des Bürolebens, die festen Zeiten, wird er das ertragen? Er hat das Bedürfnis, zu erfinden.

Mit zwanzig hat er eine Lösung vor Augen.
Früher sprach man von den Mädchen vom Lande, für die es in der Stadt *böse* ausging. Bei Jungen sagte das seltsamerweise niemand. Dennoch hat man Jungen aus guter Familie gesehen, die an der Sorbonne scheiterten, die Kurse schwänzten für ein Kartenspiel oder eine gute Flasche Wein. War die Pflicht erst einmal vergessen, winkte das süsse Leben!

Diese Art von Zeitvertreib ist für ihn keine Verlockung. Er will eine andere Freiheit.

Er, der Junge, wird sein Leben genau organisieren müssen.

Weder Bohème noch Gosse. Und vor allem weder Fabrik noch Büro.

Recherche 2

Mit fünf bekommt der Junge zu Weihnachten ein Feuerwehrauto: Er trampelt mit den Füssen, um das Papier endlich aufreissen zu dürfen, der rote Rumpf, das Martinshorn, die Ausziehleiter. So ein Gefährt muss vom Himmel kommen.

Mit der Zeit werden die Komplimente über seine «Engelslocken» weniger. In welchem Alter hat man ihm die Haare abgeschnitten? Er erinnert sich nicht.

Sehr viel später erteilt der Vater ihm angesichts seines Strubbelkopfes den Befehl, beim Friseur im Dorf vorstellig zu werden, der bekannt ist für seinen Militärschnitt. Früher oder später kommen dort alle Jungen frisch und neu wie Rekruten wieder raus. Die kurzen Haare stehen für den Mann, wie es sich gehört. Sie stehen für Disziplin, Anstand, Aufstieg zu Verantwortlichkeiten.

Eines Tages wird sich der Junge für *Hair* begeistern, Hymne der siegreichen Mähnen im amerikanischen Sommer.

Das Messer fürs Pfadfinderlager, da war er um die elf, gehörte zur altersgemässen Ausrüstung. Er bewundert dieses *Opinel*, seine Rundung, die Honigfarbe. Sein Bruder hat auch eins, nur grösser. Man kann Zweige damit schneiden, Hütten bauen, Pfeifen schnitzen.

Man legt einen Munitionsvorrat an. Tötet mit dem Luftgewehr ein paar Vögel. Man muss zuschlagen, um sich zu behaupten.

Was würde passieren, wenn die Tiere uns vor Gericht stellten? Sie würden schreckliche Dinge über uns aufdecken. Aber zum Glück können sie nicht sprechen.

Die Werkzeuge der Männer: der Hammer, die Hacke. Der Junge bittet eines Tages darum, zum Bauen, sagt er. Keine Hütte, wie die anderen in seinem Alter, sondern ein Loch im Garten. In der Sonne – Sommerferien – gräbt er immer in eine Richtung. Auf der Suche nach einer Form befragt er den Boden. Was ist da unten? Kann man dort leben? Die ägyptischen, griechischen und römischen Baumeister verstanden auch etwas von Gründungen.

Am Boden des Loches sammelt sich zu seinen Füssen das Grundwasser. Er versucht, das Wasser abzuschöpfen, aber es kommt immer wieder. Schweren Herzens findet er sich damit ab, dass er den Unterschlupf, den er sich ausgemalt hat, nicht beziehen wird. Wollte er sich darin verstecken? Wenn ich so darüber nachdenke, war es weniger ein Unterschlupf als ein Grab …

Roman 2

Als erstes mietet er ein Zimmer und stellt ein grosses Bett hinein. Anschliessend die Farbe der Bettwäsche aussuchen. Wert auf eine gepflegte Dekoration legen. Gut sichtbar stellt er eine Vase mit langen Pfingstrosen auf. Hunderte Blütenblätter entfalten sich langsam in einer starken, fast schon unanständigen Duftwolke.

Seide, könnte man meinen. Wie die Bettwäsche. Aber man muss daran denken, das Wasser auszutauschen, nach drei Tagen stinken die Blumen nach Tod.

Nach dem Einrichten setzt er sich auf den Bettrand und betrachtet die Stadt zu seinen Füssen. Mit einem Angstgefühl, vielleicht einer flüchtigen Erregung. Er gibt eine Anzeige im Internet auf.

«Jung und männlich, Massagen und mehr. Erfüllt diverse Wünsche, je nach Bezahlung. Ausschliesslich Frauen. Kein Verkehr. 11 bis 23 Uhr nach Terminvereinbarung.»

Dann wartet er in seinem Pfingstrosenzimmer, ernst wie ein Angestellter am Abend vor seinem ersten Arbeitstag.

In der ersten Woche klingelt das Telefon selten. Die Stimme zittert ein wenig, die Frau setzt dreimal neu an, bevor sie sich traut. Sie wählt einen sachlichen Ton, als wollte sie beim Fabrikanten einen Teppich bestellen.

Er gibt ihr ein gewisses Alter, Ehefrau gegen Ende des ersten Lebens, vielleicht vernachlässigt. Sich ihre Stimme genau anhören, um sie ganz zu erfassen.

«Machen Sie auch Hausbesuche?»

«Nein.»

«Sind ihre Räumlichkeiten unauffällig?»

«Vollkommen.»

«Und was heisst das genau, ‹kein Verkehr›?»

«Ich dringe nicht ins Innere des Körpers. Ich bereite auf andere Weise Lust.»

«Aha. Und um wieviel Uhr könnte man kommen?»

«Am Donnerstag um 15 Uhr ist ein Termin frei.»

«Und der Preis?»

«Das hängt von der Leistung ab …»

«Gut, das klären wir vor Ort.»

Die Anrufe werden regelmässiger. Auch ein paar Männer, denen er aber diplomatisch einen Korb gibt. Am Telefon ist er der gebildete Junge, bedient sich seiner sanften Stimme. Vermeidet übermässig rohe oder explizite Wörter. Nicht zu viel Reales. Er besteht auf Zärtlichkeit, bleibt aber gleichwohl männlich. Zumindest was seiner Vorstellung nach männlich ist.

Recherche 3

Mit ungefähr sechzehn schenkt ihm eine Verwandte einen elektrischen Rasierapparat. Wenig später gibt sein Vater ihm zwischen Tür und Angel seine einzige Lektion in Aufklärung: «Mach mit den Mädchen, was du willst, aber pass auf, dass du keiner ein Kind machst, solange du nicht volljährig bist ...»

Ein Junge heult nicht wegen Lappalien, er setzt sich durch und verteidigt sich, er kümmert sich nicht um Kleidung oder Stoffe, er macht kein Tamtam um sein Aussehen. Und vor allem bleibt ein Junge an keinem Rockzipfel hängen.

Die Erwachsenen begnügen sich mit Beschreibungen: Ihre Welt versteht sich von selbst.

Er spürt in sich die Grenzen, die Vorschriften, das Widerstrebende. Sein geübter Körper, bis zum Anschlag mit erwachsenen Wörtern gefüllt, warnt ihn intuitiv vor dem Platz, an den er gehört. Er bewegt sich in einem unsichtbaren Käfig.

Denis ist ein bärtiger Athlet, ein Vorbild für den ganzen Turnverein. Tagsüber auf dem Bau bricht er verfallene Häuser mit dem Vorschlaghammer auf und zieht dann neue Mauern hoch. Mit seinem Oberkörper aus Beton ist er, wie die Trainer sagen, ein «Brecher». Einen Panzer aus Muskeln, zum Überleben oder zum Krieg führen, das wollen die Turner.

Einen Körper zum Schutz und für die Gewalt.

Man bewundert den Athleten an den Geräten, bei den Kraftübungen, beim Laufen, wenn seine Ausdauer die der anderen wieder übertrifft. Nach einer anstrengenden Übung lächelt Denis immer entspannt, als hätte er nicht gelitten. Hart werden wie er, ein «Brecher».

Das einzige Problem, sagen die Trainer, ist, dass Denis nicht trinken kann. Nach Probeläufen oder Wettbewerben besäuft er sich bis zur Bewusstlosigkeit. Manchmal brüllt oder heult er und zerschlägt Stühle, niemand weiss warum.

Noch so ein Mannesbeweis: Ein Junge muss sich beim Trinken bewähren. Heimtückisch, gefährlich, denn der Alkohol kann ihn zerfressen und ein Wrack aus ihm machen. Die Herausforderung besteht zunächst darin, eine grosse Menge hinunterzukippen (während die Bubis noch mit Milch oder Sinalco laufen), vor allem aber dem Wein oder dem Bier standzuhalten, ohne dass einem zum Kotzen schlecht wird. Im Suff stoisch bleiben. Eine Art Prüfung, die er in der Jugend mit dem stillschweigenden Einverständnis des Vaters und der Trainer durchläuft. Von Mädchen erwartet man keine solchen Heldentaten.

«Pisst du im Stehen oder was? Oder bist du ein Mädchen?»

Roman 3

Nicht wenige Frauen zögern, wollen sich angeblich nur informieren. Als würden sie sich vor etwas fürchten. Vielleicht vor einer Gefahr, dem Triebtäter, der ihnen eine Falle stellt. Oder nur davor, dass der Ehemann, die Eltern, die Freundinnen davon erfahren. Es gehört sich nicht. Der älteste Beruf der Welt, aber immer in die gleiche Richtung: Frauen werden als Objekte angesehen.

Der Junge beruhigt die Kundin, er bietet gepflegte Dienste an. Andere wagen es, konkreter nachzufragen.

«Streichelt der junge Mann auch mit verbundenen Augen?» (Eine Frau reiferen Alters, die sich ihres Körpers unsicher ist.)

«Auf Anfrage, ja.»

«Bereitet er Lust mit den Fingern?»

«Mit den Fingern, aber auch mit dem Mund. Es kostet nur mehr.»

Ein unterdrücktes Seufzen am anderen Ende der Leitung. Das war's, jetzt muss man nur noch an der Schnur ziehen. Sie wird kommen.

Manche Frauen sind gewalttätig, sie wollen ihn schlagen oder seine Zunge nach Gebrauch kastrieren. Sie schrecken zurück vor dem Tier, das in ihnen steckt. Sie können die Lust nicht einfach so annehmen.

Fachmännisch zählt er die Arbeitsstunden, den Preis der Freiheit.

Viermal am Tag massieren, vier Tage die Woche, um gut leben zu können. Der beste aller Berufe. Der einzige, für den er sich kompetent fühlt.

Immerhin schenkt er so etwas wie Liebe. Und ausserdem verdient er in ein paar Stunden genug, um den Rest der Woche davon sein eigenes Leben leben zu können. Lesen im Park, Stunden im Schwimmbad oder Kino.

Von nun an gehört er sich selbst.

In der zweiten Woche kaum ein Anruf. Geduld. Es muss sich erst herumsprechen. Ist die Anzeige vielleicht schlecht formuliert? Was wollen sie? Im Grunde kennt er sie nicht. Für welche Leistungen sind sie bereit, zu bezahlen? Über ihre Gewohnheiten nachdenken, ihre Rituale, vor allem über ihre Geheimnisse.

Einmal ruft eine Frau spät in der Nacht an. Sie will Obszönität pur, ohne Kompromisse. Er bleibt höflich, geht innerlich auf Abstand. Seine Sache nicht ... Leibessäfte und Sperma, Körperöffnungen und Scheidewände, die ganze Chose.

Kaum was dabei für ihn. Sich das Recht vorbehalten, nein zu sagen. Er mag es nicht, bis ins sterbliche Fleisch vorzudringen. Zu viel Traurigkeit hinterher. Er ist weder Schlachter noch Turner. Ihm ist lieber, alles läuft sanft ab. Schamgefühl und so weiter.

Besteht auf «Erotik», als handle es sich um ein Zauberwort. Das sind die dürftigen Wörter, über die er verfügt.

Er könnte eine Visitenkarte entwerfen, auf der sein Spezialgebiet, seine *Berufsphilosophie* steht. Er erstellt Listen.

Die Frau vom Telefon hat ihn noch zu seinem «Organ» befragt. Sie spricht «Organ» so präzise aus, wie sie zu einem Orgelbauer «Orgel» sagen würde. Es gefällt ihm, das Wort aus ihrem fernen Mund zu hören. Er stellt ihr das «Organ» gern zur Verfügung, sie wird nicht enttäuscht sein. Mehr will er nicht sagen, alles Weitere kostet. Mit Worten am Telefon kann er nicht dienen. Nein. *Das ist ein anderer Beruf, Madame.* Sie soll persönlich kommen, dann kann sie Worte fordern, soviel sie will.

Recherche 4

Jede seine Schwestern erlernt für sich die Rolle des Mädchens.

Mit fünf bekommen sie Puppen, die sie sorgfältig kleiden.

Mit neun kämpfen sie darum, den Kinderwagen des kleinen Bruders schieben zu dürfen und in der beneideten Rolle der kleinen Mama triumphierend die Runde durchs Viertel zu drehen. Für sie: Sorgfalt, Geduld, Dinge hinnehmen. Für die Jungen: Dinge erforschen, Wald, Nacht und Gewalt.

Mit elf verkleiden sie sich zusammen mit ihren Cousinen vor dem Haus als Nonnen. Zur ersten Kommunion sind sie mit einem Schleier in der Öffentlichkeit aufgetreten, und die Nonne wird ihr erstes Vorbild. Eine Zeit lang sind sie zwischen der Ordensschwester und der kleinen Mama hin- und hergerissen.

Sie können seit mehreren Jahren nähen und stricken. Es gibt zwar keine Mitgift oder Aussteuer mehr, aber man beschäftigt sich die Finger immer noch mit Näharbeiten.

Mit zwölf, dreizehn, wenn ihnen das Blut kommt, legt die Mutter eine Packung Binden aufs Bett. Worte werden wenige dazu gesagt. Aber sie verstehen *aus dem Körper heraus* schnell, wo die Grenze verläuft: zwischen denen, die man rein (heiratsfähig, also eintauschbar) nennt, und den unreinen oder befleckten, die ohne weitere Erläuterung «Schlampen» genannt werden. Für Jungen gibt es kein entsprechendes Schimpfwort.

Mädchen oder Junge, auf den Kleinkinderfotos der früheren Generationen ist das Geschlecht nicht augenfällig, in einer unbestimmten Engelhaftigkeit tragen alle lange Locken. Weiss ist Pflicht für beide Geschlechter. Wenn Farben im Spiel sind, dann Rosa und Rot für die Jungen (das Sanguinische), für die Mädchen Weiss und Blau (die Farben der Jungfrau Maria). Puppen taugen für die einen wie für die anderen.

Bis sie vier sind, tragen alle Kleider und Nachthemden. Zu einem bestimmten Zeitpunkt bleiben die Kleider den Mädchen vorbehalten und die Jungen ziehen bis zur ersten Kommunion die berühmten kurzen Hosen an. Die lange Hose steht dann für einen neuen Status. Wir folgen den zeitlich geordneten Bildern unserer Väter im Fotoalbum.

Den Jungen machen: kurze Haare, Mützen und Hosenträger.

Die kindliche Verwirrung von einst gibt es nicht mehr, der Gott des Konsums wacht darüber. Und Annie Ernaux gerät im Kaufhaus in Wut:

> *Das Spielzeug belegt mehrere Regalreihen, streng nach «Jungen» und «Mädchen» sortiert. Für die einen: Heldentaten (Spiderman), Weltraum, Schall und Wahn (Autos, Flugzeuge, Panzer, Roboter, Punchingball) – alles in knalligen Farben, Rot, Grün, Gelb. Für*

die anderen: die Innenwelt, Haushalt, Verführung, Babypflege. «Mein kleiner Kaufladen», «Mein Haushaltsset», «Meine Mini-Tefal-Pfanne», «Mein Bügeleisen», «My little Baby born». Inmitten des ganzen Hausfrauenarsenals einen Doktorkoffer zu entdecken, erleichtert mich fast. [… Und] alles in zuckrigen Farben, Schminktäschchen, Frisierkommoden mit Spiegel und Stuhl, um sich schön zu machen, Schneewittchen- und Prinzessinnenkostüme. Ich bin ausser mir vor Zorn und Machtlosigkeit.

Roman 4

Der Junge ist mit Haut und Haar bei der Sache. Begnügt sich nicht damit, das Thema nur zu streifen. Tapfer kostet er fast alle Kundinnen, entdeckt ihre Unterschiede, von Honig bis Essig.

Er öffnet sie wie Früchte und richtet es sich in ihrem Zentrum ein wie ein Handwerker. Die meisten sind reif. Die Hände schmerzen ihn, die Zunge. Sie bezahlen ihn dafür, immer die gleichen Handgriffe zu wiederholen, präzise, unerbittlich. Natürlich langweilt es ihn irgendwann.

Und doch mochte er es vorher. Um zu geniessen, machte er sogar die Augen zu. Immer noch besser als am Fliessband Rückspiegel anschrauben oder vierzig Jahre lang den Buchhalter spielen.

Gegen den Überdruss zählt er, während er mit den Händen tut, was man von ihm verlangt, im Kopf die Orte auf, die er für ihre Musik liebt, in Dauerschleife:

Carcassonne
Agrigent
Niouc
Veracruz
Auboranges
Vivarais

Der Junge hat die Gesellschaft nicht verinnerlicht, er hat ihre Regeln nicht ohne zu kauen geschluckt. Er hat keine fertigen Muster in sich. In ihm zersetzt sich jedes Prinzip, wird streitbar, er kann sich das Willkürliche, die Sedimente, die Genese ansehen. Diese Leere in ihm macht ihn frei, aber sie kann auch zur klaffenden Leere werden.

Er mag die Unterschiedlichkeit der Körper, vergleicht, betrachtet sie gern. Das ein wenig welke Fleisch. Mit der Zeit wird der Körper den Wettlauf verlieren. Der Untergang. Oft weinen die Frauen. Der Verlust der einstigen Schönheit ist kaum zu verwinden. Ohne zu sprechen, reicht er ihnen lächelnd ein Taschentuch, steht auf, um die Blumen in der Vase zu ordnen. Wieder betäubt ihn der Duft ein wenig. Manche schauen ständig zu dem Strauss hinüber, kommentieren ihn.

Manche Kundinnen halten lange sein Glied in der Hand, mit geschlossenen Augen, wie eine Wünschelrute, mit der sie die Tiefe ergründen.

Manche sind feucht, andere warten teilnahmslos auf ein Wunder. Manchmal gibt es Fontänen. Er soll das Unmögliche vollbringen, mit seiner sehr geringen Erfahrung im Gepäck. Intuitiv arbeiten.

Die jungen Mädchen haben Liebhaber, ohne dafür zu zahlen. Er kennt sie nicht. Sein Beruf ist also: Frauen trösten, die im Dazwischen gestrandet sind.

Die Pfingstrosen auf dem Tisch halten den Blicken immer stand. Sind die Blumen nicht letztlich auch offene Geschlechtsteile, Organe zur Anziehung?

Wie gut sie gemacht ist, die Natur, die niemand gemacht hat!

Recherche 5

Ja, man hat es mir bestätigt, dass der Junge sehr wohl mit Kränen, mit Pistolen gespielt hat, er hat sich als Zorro verkleidet, sich mit anderen geprügelt. Trotz dieser Beschwörungen und Rituale, dieser Übungen, um härter zu werden, hat er sich von der weiblichen Welt nicht ganz losreissen können. Tanten, Cousinen, Schwestern, Nachbarinnen wachen über ihn. Er zögert zwischen dem Rockzipfel und der Strasse, zwischen Küche und Wald.

(Die erste Frau, die ihm in Hosen begegnete, den Schock hat er nicht vergessen. Er war in nervöses Lachen ausgebrochen.)

Er will ja die Wildnis erkunden, sein Messer benutzen, aber das dringende Bedürfnis nach dem Frauengemach hält ihn davon ab. Er füllt dort eine Lücke, dichtet die Fugen der Ängste. Bis er erwachsen ist und auch danach kehrt er immer wieder zurück in die weibliche Welt. Manchmal um sich darin zu vergraben, als wäre er nie herausgekommen. Würde sich gern dort verstecken, darin verschwinden, in die Wärme hineinwühlen.
Der Junge geht zum Spielen zu einem seiner Freunde. Dort sieht er die Mutter, die des anderen.

(Sein beklommenes Gefühl, als er das Wort «Mama» hört, dessen beinah vergessener Klang.)

Manchmal zieht sie sich schön an, macht sich ausgehfertig. Schminke, Cremes, Düfte, Nylonstrümpfe, sie legt Wert auf ihr Aussehen, eine flattrige, fröhliche Blondine. Ganz in schwarz gekleidet, ungeduldig, endlich loszugehen, sie bringt einen mit ihrer Erwartung und Freiheit ganz durcheinander. (Er kennt sonst keine Mütter wie sie, alle anderen gehen ohne Vorbereitung nach draussen, in Kittelschürze und mit Einkaufsbeutel).

Die Mutter hat einen grossen Hund, einen irischen Setter, «Eros», ein athletischer Rüde, der viel Auslauf braucht, toben will. Der andauernd wegläuft. Der Junge liebt ihn, sein etwas kindisches, sabberndes Weglaufen, und seine Herrin erlaubt ihm, mit ihm spazieren zu gehen. Er reisst viel an der Leine, man hat ihn nicht erzogen. Oft, wenn der Junge kommt, seufzt die Nachbarin den immer gleichen Satz: «Eros ist schon wieder weg.» Er weiss nicht, ob es Überdruss oder Erleichterung ist: «Eros ist schon wieder weg.»

Roman 5

In dem, was die Leute im Tonfall von Priestern oder Pädagogen Liebe nennen, sieht der Junge ein feines, amüsantes, erfindungsreiches Spiel. Ein belangloser Moment, der allen anderen Momenten Geschmack verleiht. Eine animalische Parade, als solche akzeptiert. Eine Art, einander kennenzulernen. Ein Zugang.

Die Leute sind auf den Einen hin dressiert, auf das hochheilige Ehebett, das kleinliche Besitzen der Körper. Diese Verrenkungen der Scham, Grimassen der Zurückhaltung und Fratzen der Exklusivität, die widern ihn an.

Der Junge gerät über die grossen Worte der Liebe in kalte Wut, über die Konzepte, die Familie, «meine Frau», «mein Mann», all diese klammen, angsterfüllten Gemächer. Die nach einer Weile unvermeidbarer Reibung in gegenseitige Verbitterung umschlagen, in kleine Vorwürfe, grosse Szenen. Hunde und Katzen.

Beziehungsweise grausame und listige Raubtiere.

Für ihn hat diese Form der Liebe einen Beigeschmack von Privateigentum. Die Versprechungen und Verträge sollen einem die Steine im Leben aus dem Weg räumen, man fürchtet den Feuervogel, der sich über das Nest lustig macht.

Von klein an hat der Junge verstanden, dass das Fleisch spricht.

Dass man sich nicht davor zu fürchten braucht, vielmehr davon lernen kann.

Nach etwa einem Monat hat der Junge eine Stammkundschaft. Eine Mutter von drei kleinen Kindern, tagsüber zu einsam. Sie vertraut sich dem Unbekannten, dem Profi, sofort an. Ihr Mann nimmt sie spät, wenn die Sendungen im Fernsehen aus sind. Sie ist müde; er streichelt sie nicht, schafft sich nur selbst Erleichterung. Auf einen Schlag dringt er ein, rührt in ihr und schläft dann ein. Abgesehen von den gestammelten Brocken, kurz bevor er kommt, redet er nicht mit ihr. Danach bleibt sie in den Laken ertrunken liegen, ringt nach Wörtern, um wieder auftauchen zu können. Sie will, dass der junge Mann mit ihr redet, den Preis dafür wird sie zahlen. Sie kommt nachmittags. Gestreichelt werden, sachte eindämmern.

Dann will sie plötzlich mehr. Wie ein Gesetz solle er *unbeugbar sein und sofort in Kraft treten!* Sie besteht darauf, will wenn nötig noch mehr zahlen. *Das Leben ist, was man sich nimmt!* Höflich weist der Junge sie zurück. Es kippt in einen Streit. Sie fährt ihn an wie einen Hausangestellten. Schreit sich die Kehle sinnlos aus dem Hals. Ist sichtlich erregt durch ihre Wut.

«Tut mir leid, ich dringe nicht ins Innere des Körpers.»

Keine Diskussion. Jedem sein Fleisch und wohin es ihn führt. Die Frau bleibt hartnäckig, sie will ihn zwingen.

Vor der Kundin die Ruhe bewahren, immer. Sich immer wieder sagen: professionell bleiben.

Immer denken:

«Niemand ist berechtigt, sich mir gegenüber so zu benehmen, als kennte er mich.»

Recherche 6

Dem Jungen bleibt im Gedächtnis:

ein Typ, der im Karneval mit seiner Kuh am Halfter ein Café betrat;

ein anderer, der den Kindern den mit der Sense abgetrennten Kopf einer Viper zeigte;

der süsslich-warme Geruch des Blutes im Schlachthof neben der Schule;

ein Café in der Nachbarschaft, wo am Abend der Wahl nur Männer hineingingen;

später im gleichen Café eine Disco, die man im Hinterzimmer für die Jugendlichen organisiert hat.

Beschämt erinnert er sich, dass er an jenem Abend nicht wusste, wie man tanzt.

Der Junge wacht mit dem Gefühl auf, es würde zwischen seinen Beinen ein Baum wachsen, ein Baum, dessen Wurzeln bis tief in seine Eier und Nieren reichen. Es ist, als würde der Stamm seinen Samen ansaugen, um ihn in den Himmel hinaufzuspritzen. Und ihn über die Erde zu verteilen.

Beim Versuch, die Geschichte des Mannes nachzuvollziehen, vertiefe ich mich in einen Ratgeber, *Die gesunde Familie* (1935). Seit Jahren schläft er im Regal, meine Grossmutter und Mutter schlugen darin regelmässig etwas nach:

> *Der reine junge Mann spricht nicht darüber, es ergreift ihn erst nur ein vages Gefühl der Lust, aber er merkt, dass er sich verändert hat, dass er zum «Mann» geworden ist. Vor allem weiss er, dass die Geschlechter verschieden sind. Das junge Mädchen, dem er bis dahin gleichgültig gegenüberstand und das ihn nicht mehr interessierte als seine Kameraden, erscheint ihm nun in ganz neuem Licht. Er interessiert sich für ihr Haar, ihr Gesicht, ihre Brüste, ihre Taille, ihre Füsse, ihr Lachen, ihre Stimme, usw. Er fühlt sich von ihr angezogen wie von einer unwiderstehlichen Macht, er wäre gern ihr Beschützer, der sie vor tausend Gefahren rettet!*
>
> *Auch der Schlaf des jungen Mannes leidet plötzlich unter dem Einfluss der Veränderung, die sich in ihm vollzieht. Des Nachts sieht er sich umgeben von Frauengestalten, die seinen Träumen entspringen. Mitten in seinen Liebesträumen wird er von unbeschreiblichem Verlangen erfasst, das ihn zu seinem Herzenstraum hinzieht, sein Verlangen wächst mit jeder Sekunde, und auf dem Höhepunkt angekommen, löst es einen Moment unbekannter Wollust aus: Das ist der erste Samenerguss. Der junge Mann wacht auf, eine wohltuende Müdigkeit bemächtigt sich seiner, die sexuelle Erregung ist völlig verschwunden und bald übermannt ihn der Schlaf.*

Dieses Abstossen von Samen, genannt «Pollution», tritt in der Folge in mehr oder weniger regelmässigen Abständen erneut auf. Es ist die natürliche Absonderung der Samenflüssigkeit, die als solche nur bei sexuellem Verkehr stattfindet.

Der männliche Sexualtrieb hat auf die moralische Verfassung des Mannes grossen Einfluss. Es gibt im sexuellen Leben des Mannes keine grossen Veränderungen, zumindest nicht vor der Ehe. Ein reiner junger Mann edler Gesinnung wird einen langwährenden Kampf gegen den Trieb führen. Der Wille bildet sich immer weiter aus, die Versuchungen werden weniger. Manchmal kehrt der Trieb jedoch zurück und damit der Kampf.

Dieser Kampf gegen den Trieb ist das Schicksal jedes jungen Mannes. Er ist die unverzichtbare Voraussetzung für eine starke Männlichkeit, die sich ihrer bewusst ist.

Auf den Samenerguss folgt vollständige sexuelle Apathie, und in manchen Fällen sogar Antipathie, die Rückkehr zu normalem altruistischen Gedankengut und zur Vernunft …

Aus den Beschreibungen des grossen Bruders lernt der Junge die Mechanik der Liebe. Er stellt Fragen.

Es schwankt zwischen technischen Erklärungen («Sie schieben ihre Dinger ineinander, verstehst du?») und biologischen Erkenntnissen:

«Weisst du, warum die Mädchen sich schminken und die Jungen sich die Haare machen? Weisst du, warum sich bei den Dorffesten alle so anglotzen? Es ist nämlich genau wie bei Hunden und Katzen, schau es dir an. Ihr Reptiliengehirn wägt ab, welche Chancen sie sich auf eine sexuelle Beziehung ausrechnen.»

Roman 6

Ein anderer nächtlicher Anruf.

«Hallo, ich habe Ihre Anzeige gelesen … Ja, Sie haben auf alle Fälle den Verdienst, klar zu sein. Ich rufe an, weil ich gestern über eine Werbung gestolpert bin, genau … ‹Scheidentrockenheit? Nicht nur darüber reden, auch etwas dagegen tun!› Das hat mich sozusagen aus der Apathie gerissen … Ich werde mit meinen Freundinnen darüber sprechen. Wir sind eine ganze Gruppe von Frauen, die mit den Wölfen heulen, zur Sonnenwende tanzen wir im Mondschein, die Ehemänner verstehen nichts davon, aber das kennen Sie ja, das gibt es ja nicht erst seit gestern, das grosse Missverständnis zwischen Männern und Frauen, Mars und Venus … Ich hab ja ein Buch zu dem Thema gelesen, ich finde, das trifft es, die Frauen verliebt-intuitiv, die Männer kämpferisch-rational, der ewige Gegensatz, wegen dem die Welt sich dreht, finden Sie nicht? Ich mag so Allgemeinplätze, da kann sich jeder irgendwie wiederfinden, man fühlt sich weniger allein in seiner Haut als ohne sie oder mit Gefühlen, die man nicht benennen kann … Ja, ja, also eben deshalb rufe ich Sie ja an, Sie scheinen mir für alles eine Lösung zu haben!

Ich habe bisher nicht viel über den Tod nachgedacht. Und jetzt beschäftigt er mich die ganze Zeit, martert mich. Vielleicht habe ich mein Leben verpasst? Wissen

Sie, man hat so viel zu tun, man muss sich etwas aufbauen, den Ehevertrag unterschreiben, Kinder machen, sie ernähren, sie dressieren, dann muss man die Wohnung renovieren, das Auto wechseln, neue Haushaltsgeräte kaufen, Kleidung aussuchen, die uns ähnelt … Man hat in diesem frenetischen Land ja keine Minute Ruhe, um nachzudenken! Und andere verschleudern ihr Leben, verlieren sich in alle Winde … Ich muss bloss an die Motorradfahrer im Frühling auf den Strassen denken, all diese Organspender!

Ich versuche seit Jahren, endlich ich selbst zu sein, wie soll ich sagen, ich habe Kurse besucht, Seminare, wochenlange Fortbildungen … Ich war in Trancezuständen und bei Tanzrunden dabei, bei Wiedergeburten, man hat mich in jeder Hinsicht gecoacht … Ich weiss nicht genau, was davon übrig ist. Je mehr ich in mir grabe, desto mehr habe ich den Eindruck, ich entferne mich von den anderen … wie eine Art grosse Leere in der Mitte, verstehen Sie?

Es hat mir keiner gesagt, dass das Individuum ein anderer Begriff für Einsamkeit ist … Und jetzt merke ich, wie die Unruhe in mir wächst …»

Das ist ein sanftes Wort, «Unruhe», denkt der Junge, es beruhigt.

Eines Tages bekommt der Junge einen Anruf von einer älteren Frau. Kein Mann mehr weit und breit, sie findet sich damit ab, zu bezahlen. Sie hat das steife, auf sie gerichtete Glied ein Leben lang geliebt, den knotigen, zittrigen Ast, den sie zu umgarnen hatte. Sie fragt, ob sie es anfassen, befühlen darf. Sie mag es, den feuchten Schwanz ans Gesicht, gegen den Hals zu pressen. Sie weiss, wie man ihn in Gang bringt, wie man aus einem Brunnen Wasser schöpft.

Er muss an etwas Anderes denken, damit es ihm gelingt, muss angesichts dieses zu alten Körpers andere Bilder finden, die Szene versetzen. Sich wie ein Profi verhalten, seine Vorlieben vergessen. Hin und wieder macht er die Augen auf, bemerkt erstaunt die Gier der faltigen Frau, ihre offensichtliche Lust, sie versteckt sie nicht.

Ihm fällt der Kontrast auf zwischen der schlaffen, gezeichneten Haut, dem gebeugten Körper, und der geraden Stange, glatt und braun bis vorne zum rosa Wulst, wie neu, immer wieder neu.

Manchmal glaubt er, dass das junge Fleisch die Macht hätte, das alte zu erneuern, ihm seine Kraft zu übertragen. Dass die körperliche Liebe Tote wieder zum Leben erwecken kann. Die Kundin nährt sich, sie stopft sich sogar voll.

Bleierne Lust, tödliches Fest: *fête mortelle.*

Fleisch und Blut, Mark und Bein, Mortadella.

Recherche 7

Der Trainer nennt es die «Schule des Körpers». Mit seinen Gruppenchoreographien ist der Turnverein so etwas wie eine Mischung aus Tanz und Militär. Auf den Rhythmus der Musik machen die Jungen präzise Bewegungen, Kopf gerade, Muskeln angespannt.

An einem Sonntag nehmen sie am Regionalfinale teil. Bei strömendem Regen stellen sie sich in Reih und Glied auf einem Fussballfeld auf und absolvieren die ganze Übung, ohne mit der Wimper zu zucken, nach einer Runde Liegestütz im nassen Gras knien sie im Schlamm, um einen Sprint anzudeuten, sie rutschen über den Rasen, bis sie völlig durchgeweicht sind und die Trikots schlammverschmiert, aber alles im exakt richtigen Tempo und bejubelt von ihren Familien am Rand des Feldes.

«Wir sind ja keine kleinen Mädchen!» (Es spricht der Trainer.)

Stärke, Ehre, Mut, Schmerzresistenz und so weiter.

Über den Sport definiert er sein Ideal: Den Willen formen und «zu weibliche» oder weiche Charakterzüge bekämpfen. Echte Männer sind für den Trainer die, die hart arbeiten und sich mit Ausdauer und Bescheidenheit der Gruppendisziplin unterwerfen. Wie die Armee verherrlicht der Turnsport patriotische Ideale: Tausende

Körper feiern (im Akkord) das eidgenössische Turnfest, und darunter der Junge in seinem weissen Turnerleibchen mit dem Zeichen seines Vereins.

Militärumzüge, Paraden der Polizisten oder Turner, den Jungen erinnert das alles an eine Art besorgniserregendes Unter-Sich-Sein-Wollen, bei dem die Sanftheit der Frauen, die zarten Bande der Sprache, die schützende Hand ausgeklammert werden. Wo allein der Schweiss des Wettbewerbs und das Zeigen von Härte regieren. Die blosse Idee eines «Chefs» ist dem Jungen verhasst. Viel später stösst er wieder auf diesen zwiespältigen, männlichen Stolz, in übersteigerter und gespenstischer Form, nämlich beim Lesen von Jean Genet, der in *Notre-Dame-Des-Fleurs* den Einfall der Nazibesetzer in Paris beschreibt:

> *Arglos, befruchtend wie Goldstaub, fallen die Soldaten der Wehrmacht in Paris ein, das eine ganze Nacht lang seinen wilden Herzschlag anhielt. Wir aber, wir schaudern in unseren singenden oder in überhitzter Wollust klagenden Zellen, denn die Vorstellung dieser männlichen Raserei geilt uns auf, als sähen wir einen aufrechten Riesen, der mit gespreizten Beinen erigiert.*

In *Das Totenfest* wird Genet sich über die «schweren Hoden» des Nazis, seine «Eisenwaden» und «Stahlhüften» entzücken. Und im *Tagebuch des Diebes* dann seinen französischen Geliebten Java erotisch darstellen, einen Ehemaligen der Waffen-SS.

Roman 7

Der ältere Frauenkörper bringt den Jungen durcheinander.

Er verbirgt sein Unbehagen so gut es geht.

Man kann den Verfall und den Tod mit Sprache zudecken, man kann ihn mit Worten einlullen, er bleibt beharrlich und zäh, kaum denkt man nicht mehr an ihn, kommt er zurück.

Nach diesem Termin hat er das Bedürfnis, zum Laufen in den Wald zu gehen. Die trockenen Blätter des Winters einatmen, nach Knospen Ausschau halten, den ersten grünen Zweigen. Seine Lunge mit Gerüchen der Natur füllen, sich an einem glatten, von Bucheckern beladenen Baumstamm anlehnen, er verletzt sich leicht an der Rinde und seine Gedanken kehren zurück zur tagaktiven Welt.

An den durch die Äste fallenden Sonnenstrahlen wärmt er sich bis zum Aufgang des Mondes.

Eines Tages kommt Lorna, um die Fünfzig, Notarsgattin. Sie haben keine Kinder bekommen. Er, immer in seine Aufgabe vertieft, bebt für andere Körper oder hat vielleicht keine Empfindungen mehr. Der Junge fühlt sich unbehaglich, weil Lorna nichts fordert, ihre Sehnsüchte nicht näher benennt.

Als sie ihre Kleider ausgezogen hat, sieht er ihren zu glatt rasierten Venushügel, rosa bis blasslila. Als hätte dieser Körper nicht gelebt, keine Prüfungen erlitten. Wie eine intakte Schönheit, aber im *Nachhinein* betrachtet.

Lorna schliesst die Augen. Sie erzählt, dass sie aus Angst, von einem Fisch begattet zu werden, sich nie getraut hat, im Meer zu baden. Der Junge bewundert diese mythologische Angst. Er stellt sich den Goldfisch vor, wie er, nach der Öffnung suchend, dem Auffangbecken für den Samen, flink zwischen die Schenkel schlüpft.

Lorna bereitet es Lust, ihren Körper zu zeigen, sie fordert ihn heraus. Ihr Geschlecht ist wie das eines kleinen Mädchens, als wäre es nie benutzt worden. Der Junge weiss nicht, was er machen soll, etwas unsicher bleibt er sitzen. Mit geschlossenen Augen wartet er auf ihre Anweisungen, ihre Wünsche. Verwirrt vom Gegensatz dieser kindlichen Unschuldszone und den Spuren der Zeit auf dem Rest des Körpers.

Recherche 8

Sehr bald liebt der Junge blind alles, was ihn an den Körper der Mutter erinnert, von dem ihm kaum eine reale Erinnerung blieb. Ausser der wilden Narbe auf ihrer Brust, rosa und gekrümmt wie ein Regenwurm.

Es fängt wieder an, als er ungefähr zwölf ist und ein übermässig heisser Sommer die Welt regiert. An einem Mittwochnachmittag nimmt ein Klassenkamerad ihn mit zum Wald. Jede Woche um die gleiche Zeit parkt ein Auto unter den Bäumen, die Karosserie wird vom rohen Blattwerk völlig verschluckt. Sie spähen durch die Zweige.

Es ist der Chef einer kleinen Firma, der, der immer am frühen Abend mit vom Alkohol rotem Gesicht und vom Bau ganz staubigem Haar grölend in den Bars sitzt. Sein brachiales Leben hat Folgen für seine Umgebung, er braucht Weiber und literweise Wein.

Er trifft hier in seinem Auto eine Mutter, verheiratet, die die übrige Zeit in einem Mietshaus zwischen festen Mahlzeiten für den Mann und ihren drei zu beaufsichtigenden Bälgern eingemauert ist. Sie will alles zur Hölle schicken, hat den Haushalt satt, die Nase voll von der ganzen *Staubzucht* …

Im Überschwang des Juni lassen sich die Mutter und der kleine Firmenchef zusammen sehen. Sie trägt oft eine Art falschen Pelz. Er mag sie wohl gern animalisch. Unter dem Mantel ihre blasse Haut, der man die Spuren der Zeit ansieht. Er wühlt, spreizt und turnt im Innenraum des Autos. Die ganze Erde scheint zu beben. Sie reden nicht, nein, sie schreien. Warum behält sie ihr falsches Fell an, ist das eine Phantasie von ihm?

Die Bauarbeiterhosen hat er inzwischen runtergezogen. Man sieht seinen behaarten Hintern Wellen schlagen wie russische Berge. Halb lustig, halb verstörend brennt die Szene sich den Jungen ins Gedächtnis. Bei ihr denkt man, sie würde schreien, man hört aber keinen Ton durch die Scheiben. Wie ein Stummfilm.

Die Sicht ist eingeschränkt wegen der sich spiegelnden Blätter. Man versucht, sie zu erraten. Ein ungleiches Paar sind sie, der falsche Pelz und der kleine Chef im Blaumann! Der anstehende Sommer, die ganze Blumenausstattung ist ihnen völlig egal. Es ist wie ein furchtbarer Kampf. Als wollten sie sich zerfleischen oder auffressen.

Dinge, von denen man nicht spricht. Aber hier sickert alles durch, wie durch Osmose.

Der Junge kommt oft hinter die Äste zurück, die Bilder prägen sich in seinem Kopf ein. Wie ein Segment des Wahren, unangenehm und beharrlich. Die Kehrseite der offiziellen Welt.

Noch am selben Abend schreibt er, in Grammatik verheddert, sein erstes Gedicht:

Unter den Bäumen stand ich in Angst und Bangen,
Unfreiwilliger Zeuge heftigen Gefechts
Bis im finsteren Tal endlich Freude ausbricht
Verlassen ist es, seit die Götter gegangen.

Roman 8

Er wird für eine sehr schicke Wintersportstation angefragt. Für die Geburtstagsparty einer Unternehmerin, die sie für ihre Freundinnen organisiert. Sie heisst Veronik, sie verweist auf das streng betonte «K» am Ende. Zur Unterhaltung hat sie ein paar Männer bestellt. Aber sie und ihre Freundinnen wollen weder Nachtclubtänzer noch für Kalender posierende Eisschränke. Nein.

Die Unternehmerin und ihre Freundinnen wollen sich bewundert fühlen, begehrt. Zumindest für einen Abend, der aus dem Trott der Meetings und Vertragsverhandlungen herausfällt.

Die Unternehmerin will sich immer mit allem auskennen, das Geld treibt einen dazu an. Sie hat segeln gelernt, hat sich makrobiotisch ernährt, mit *mindfulness* angefangen. Aber immer noch zu viel Einsamkeit. Auf Anraten ihres *Coachs* begann sie, sexuelle Praktiken zu variieren; sie hat sich im *Pan Pan Cul Club* eingeschrieben, um Gleichgesinnte mit gleichen Phantasien zu finden, ein geschützter Ort, wo es «keinen Egoismus gibt», wie sie behauptet, «wo man endlich frei geben und nehmen darf».

Für die Party erwartet die Unternehmerin Feingefühl und Diskretion, sie zahlt für guten Stil und gepflegte Konversation. Wenn es möglich wäre: mit dem Ritual der Verführung bei null beginnen.

Nach Stunden gesitteten Benehmens verlieren sie jedes Mass. Sie beschütten den Jungen mit Champagner, wollen unbedingt seinen Schwanz anfassen, riskieren ein, zwei Zoten, Anzüglichkeiten.

Voll von Scham, die ihnen das Spiel verdirbt.

Recherche 9

Die Poesie war damals ein weites Feld: Die verbotenen Zeitschriften gehen im Viertel reihum. Alle haben von den grossen Brüdern gelernt. Merkwürdige Seiten bekommt der Junge da zu Gesicht, zum Beispiel die mit der Galerie päpstlicher Penisse, eine Reihe von schlaffen Schnecken, zum Brüllen komisch. Es zu wagen, die Kirchenväter in so nüchterner Abfolge zu zeigen! Die bunten Blättchen, deren Seiten bald zusammenkleben und reissen, werden aus Italien mitgebracht, von den Ferien am Meer. Danach folgt reger Tauschhandel. Der Markt wird jeden Sommer mit neuen Ausgaben, noch kühneren Errungenschaften versorgt. Man weiht einander in alles Heimliche ein. Die Fotos sind zu rosa, zu schwitzig, sie erinnern einen manchmal an die Fleischertheke, ausgestellte Körpersäfte. Und mitten im Schweiss dieser seltsamen Arbeit erwacht die Lust.

Bei den Jungen entsteht wegen dieses Schwarzmarkts die Vorstellung, die Italiener wären besonders lasterhaft und schamlos und würden alle Stellungen der Liebe ausprobieren, ohne bestimmte Ordnung, Reihenfolge oder die üblichen Rollenzuteilungen. Alle möglichen Kombinationen, um in peinliches Lachen auszubrechen, einfallslose Szenarien, in denen die Lust grotesk gespielt wird, aber egal. Eine Frau mit mehreren Männern, ganz locker. Ein Mann, der seine Zärtlichkeiten an mehrere Frauen gleichzeitig verteilt. Männer und Frauen gemischt, in totalem Durcheinander oder einer sehr geheimen Ordnung folgend. Sehr alte Riten …

Das lange Vorspiel läuft auf einen abrupten Moment zu, kurz und intensiv. Die Erwartung schaffen und antreiben bis die Deiche brechen, die Erziehung, der ganze verinnerlichte Kanon des Verbotenen. Wenn der höchste Trieb dann durchfegt. Auf ein Schnellerwerden der Intensität hin, bis zur Spitze des Berges, von der der Junge erschöpft wieder herabfällt. Erst Ermüdung, dann Übelkeit und das verstörende Gefühl, vor aberwitzigen Fotos weggeträumt zu sein.

Nach und nach kommen die Bewusstseinsgrenzen wieder, die Tagwelt strömt in den Körper zurück, ein leichtes Schuldgefühl breitet sich aus, das dem animalischen Glück Konkurrenz macht. Im Inneren des Jungen eine Kuhle, wo sich die Melancholie sammelt, die vom freischwebenden Flug zurückbleibt. Die Rückkehr zum normalen Leben, unabwendbar und mit beiden Füssen am Boden.

Irgendwann erreicht der Junge den Wald. Mit dem heutigen Abstand würde ich sagen, er will sich von der toten Mutter lösen. Vom Universum der über ihn wachenden Frauen. Ich glaube, er hat ein Bedürfnis nach Wildnis, danach, sich vom Haus zu entfernen. Die jungen Angehörigen des männlichen Geschlechts bilden Banden, sie feilen an ihren Waffen. Sie denken sich eine kleine Armee aus, wie die Vierecke der Römer. Beinah ist es die ewige Geschichte des Krieges.

Sie haben einen Anführer, ein Grünschnabel, der schon Bartwuchs hat, im Stimmbruch ist. Er macht Ansagen, sie folgen mit einer Mischung aus Lachen und Respekt. An langen Regentagen haben sie Dosen voll Wurfgeschosse aus verbogenem Kupferdraht gebastelt, mit denen sie ihre Waffen aus Holz und Metall füttern, instinktiv nach dem Prinzip alter Steinschleudern gebaut. David und Goliath. Sie haben Munition gesammelt, sie fühlen sich bereit.

Sie überlegen sich noch archaischere Waffen, schnitzen Lanzen aus Holzlatten, die für einen Zaun bestimmt waren. Das Pulver ist noch nicht erfunden. Sie durchleben die Frühzeit der Menschheit, rekapitulieren sie, bevor sie ins Erwachsenenleben übertreten.

Später dann Autos, Gewehre und Telefone. Manche werden zu *Fleischfressern*, bei Tieren wie bei Frauen. Für den Augenblick begnügt man sich mit Fahrrädern, Steinschleudern und Schreien, um die Zusammenkunft am Waldrand einzuberufen. Während der Verschnaufpausen rauchen die Jungen Lianen. Der saure Geschmack macht kampflustig. Sie stöbern Vögel auf, stehlen die Eier. Treiben Unfug in den Gärten. Sie testen vorsichtig die Regeln, spielen Ungehorsam, überschreiten Grenzen, die dadurch anerkannt werden. Sie mögen den Karneval, der sie dazu anstiftet, die Welt über mehrere Tage auf den Kopf zu stellen.

Roman 9

Eine Kundin schenkt dem Jungen einen Zimmerspringbrunnen mit einem unechten Stein, einem kleinen beleuchteten See und regelmässigem Wasserplätschern. Die möblierte Stille. Charline, das ist ihr Name, gefällt diese Atmosphäre, abrufbar in einem Miniaturuniversum, einer Glaskugel. Für sie ist es wie ein Bonsai. Sie legt ihren Kummer hinein und giesst ihn mit ihren Tränen. Charline hat gerade den geliebten Vater verloren. Einen verschwiegenen Vater, abwesend und sanft, der ausschliesslich lange Waldspaziergänge liebte. Der Familie unergründlich, war er vielleicht sich selbst abhandengekommen.

Charline macht einen Termin an einem Nachmittag, sie hat Dutzende Hefte von ihrem Vater dabei, von ihm, der so wenig sprach, *was sagen Sie dazu, eine ganze Welt auf diesen Seiten versteckt.* Und sie wusste nichts, es ist wie ein ellenlanger, an sie zurückgelassener Brief. Ihre Flaschenpost. Er hatte also ein Innenleben, viel komplexer, als sie dachte!

«Ein Tagebuch, wie soll man das lesen, man weiss ja nicht, auf was man da stösst ...»

Charline traut sich nicht, die Hefte zu öffnen, braucht einfach nur Trost und Entspannung. Sie will, dass er sie langsam auszieht und sich mit seinem ganzen Gewicht auf sie drauflegt. Erst danach kann sie lange weinen. Dann eine ausgedehnte Massage, ehe sie eindämmert.

Am Ende fordert sie, dass er seinen dickflüssigen Likör über ihr ausgiesst, sie nass spritzt, einreibt. Ein brüchiger, dünner Film trocknet auf ihrer Haut wie ein Schutzpanzer, in den sie sich zurückziehen kann, wo sein Geruch sich mit ihrem mischt. Charline sagt, sie käme sich vor wie verjüngt, *glänzend und neu wie ein goldgelbes Brioche.*

So zur Ruhe gekommen, kann sie vor dem Jungen die Hefte aufschlagen. Leicht ratlos blättert sie die Seiten um, nimmt ein Heft nach dem anderen, vergleicht sie, wiegt sie in der Hand. Ihr Vater hat Zugtickets eingeklebt, Platzreservierungen, Restaurantrechnungen. Überall ein- und dieselbe, sich wiederholende Anordnung. Nicht ein Wort über sich, sondern eine akribische, mechanische Berichterstattung über seine Umwelt. Handschriftlich hat er mit Datum den Zustand des Himmels, die Temperatur, den Reifegrad der Früchte notiert. Systematisch die Anzahl der Pilze eingetragen, die er jeden Tag sammelte …

Nach diesen ganzen Zärtlichkeiten für Geld trifft er bei Freunden eine Frau, die nichts von ihm will. Im Gegenteil, alles an ihr verweigert sich, und plötzlich fühlt er sich wie im Urlaub.

Intuitiv sucht er nach ihren biegsamen, nervösen Tänzerinnenbeinen, Woche für Woche an der Stange geformt, wie von einem Bildhauer. Aber seine zu exklusive Vorliebe für das Fest der Muskeln ist ihr verdächtig, sie findet den jungen Mann ein wenig seltsam, vielleicht psychotisch. Wonach die Tänzerin verlangt, ist ein Ehemann, die einzig wahre Liebe oder nichts, kein unstetes Raubtier, das mit ihr auf etwas Ungewisses zusteuern würde.

(Lieber seine Ruhe haben, den Ring eines Firmenchefs am Finger und zwei ordnungsgemässe Kinder vor der Whirlpool-Villa.)

Der Junge fragt sich, ob diese Zurückweisung mit der Abwesenheit von Lust zusammenhängt (unschlagbares Argument), mit moralischen Vorurteilen (manche lebendig eingemauerte Wesen neigen zu freiwilligem Sklaventum) oder mit scharfsinnigem Kalkül (gibt man dem Mann nach, führt das zu Desinteresse seinerseits, sattes Tier, seiner Beute überdrüssig).

Recherche 10

Mädchen waren in der Truppe der jungen Krieger nicht zugelassen. Was machten sie währenddessen? Den Jungen bereitete das kein Kopfzerbrechen. Auch nicht, wenn sie sich über die Kriegsbemalung auf den Pickeln lustig machten. Über ihre schlaksigen Angeberposen. Über ihre vorgetäuschte Arroganz, wenn sie die Männer nachmachten. Zwei getrennte Welten, zwei Landschaften.

Die Mädchen stellt man sich bei ihren Müttern vor, Näharbeiten oder Küche, Lesen oder Tanzen, eingeschlossen in der Häuslichkeit. Ausgang verboten, sobald die Nacht näher rückt, die Ränder der besiedelten Welt.

In den Zeitungen wird momentan viel geschrieben über die Rollen, die jeder spielt:

Sexuelle Orientierung: 80 UMP-Abgeordnete fordern, Schulbücher wieder einzustampfen (Frankreich).

> *In einem Rundschreiben des Ministeriums vom September 2010 hiess es, die Biologielehrpläne (erste Klasse) müssten ein Kapitel «Mann oder Frau werden» enthalten. [...] 80 UMP-Abgeordnete forderten in einem Brief an das Schulministerium, dass die Schulbücher zurückgezogen werden sollten, in denen die «sexuelle Identität» von Personen sowohl durch den*

soziokulturellen Kontext als auch durch das biologische Geschlecht erklärt wird. Sie urteilten, diese Schulbücher bezögen sich auf die «Gendertheorie», nach ihrer Meinung eine «philosophisch-soziologische Theorie ohne wissenschaftliche Basis, welche behauptet, die sexuelle Identität sei eine kulturelle Konstruktion».

Im Juni des gleichen Jahres hatte die christdemokratische Abgeordnete Christine Boutin bereits wie folgt ihre Ablehnung formuliert: «Alle Zivilisationen, in denen die Homosexualität anerkannt wurde, sind der Dekadenz anheimgefallen», berichtet die Zeitung Ouest-France (30. August 2011).

In die Diskussion hinein sei hier einer der kontroversen Sätze aus dem Schulbuch zitiert:

Das biologische Geschlecht identifiziert uns als Mann oder Frau, aber wir können uns deshalb noch nicht als männlich oder weiblich bezeichnen. Diese sexuelle Identität entwickelt sich im Lauf unseres ganzen Lebens durch das ständige Zusammenspiel von Biologie und soziokultureller Umgebung, doch es ist entscheidend dafür, wie wir uns dem Anderen gegenüber verhalten.

Roman 10

Indem er jeden noch so kleinen Körperkontakt nutzte, hat der Junge das Pensum zärtlicher Berührungen Woche für Woche beharrlich gesteigert, um so die Tänzerin zu zähmen, ihre Körpersäfte aufeinander einzustimmen. Abfuhren wischte er ungerührt weg, wurde jedes Mal ein wenig vorsichtiger. Nachdem er sich die Zeit genommen hat, ihre ganzen Vorsichtsmassnahmen aufzuheben, die Hindernisse beiseite zu räumen, die sie eins ums andere aufstellte – Zögern, Vorbehalte, Hinhaltetaktiken –, bleibt ihm jetzt, viel später, als diese überwunden sind, nur noch – bereits am Werk («Fast wie bei der Arbeit», denkt er nicht ohne Beklemmung) – die um seinen Hals herum geformte Zange der Tänzerinnenbeine zu öffnen, einziehbare Beine, brutal wie zwei Schlangen, die den Eingang eines Tempels bewachen.

Und er, sich vorwärtstastend, seinem Instinkt folgend, stellt sich vor, wie er mit seinen Lippen – ebenfalls zwei, sicher weniger stark als die Beine, aber glatter und flinker – wie er erst die Blumenkrone öffnet und danach die leuchtende, eigentlich korallenfarbige Knospe, die sie mit aller Kraft verteidigt, dieser weiche, fleisch- und perlenfarben schimmernde Gewebeklumpen, geschwollen und tief vergraben, meistens versteckt unter wieder anderen Lippen und von einem Pelz bedeckt, in kunstvolle Kleider verschiedener Länge gehüllt, ein Schmuckkästchen aus Falten und Glanz zu Ehren der Quelle, die es verbirgt …

Jeden Abend schwimmt er im See. Um die verkauften Zärtlichkeiten abzuwaschen.

Bis zur Nacht liegt er im Sand, kritzelt Notizen in ein Heft. Wie gibt man dem Tag einen Sinn? Was bleibt von all den Dingen, die man tut, von dem Gerenne in alle Richtungen? Eine Art Buchstabenquadrat soll seinem Kopf etwas Frieden verschaffen. Er braucht ein paar Anläufe:

> *Alle Welt wartet. Es wird still. Hinter der Klippe, die sich abhebt vor tintenblauem Grund, da pulsiert noch beharrlich das Mark des Lichts. Bunte Vibration, die Farbe wird nach aussen schwächer, wie bei einer Explosion. Alle Nuancen von Orange. (Komm nicht mit Sonnenuntergängen, das ist lächerlich!) Die Zuschauer seufzen nun und senken, müde geworden, die Köpfe. Der Rest: Scherenschnitt vor lavafarbigem Grund. Gestochen scharf wie die am Ärmel abgewischte Messerklinge. Der Gitarrenspieler hat die ganze Zeit sein Lied gesungen, Dance me to the end of love. Ein Zeichen? Die Mauersegler sprengen zu Dutzenden in die Luft, schlucken die Mücken, die das helle Licht ihnen bis eben vorenthielt. Zerrissen leert sich der fette Tag. Endlich die Welt den Tieren lassen, denen unser Treiben unverständlich ist.*

Recherche 11

Es ist Sommer, Spritztouren mit dem Moped zu den Seen, Mitternachtsbäder, davor Aprikosen stehlen. Der Junge bei seinem besten Freund hinten drauf, Rückweg von einer Party. Beide sind in das gleiche Mädchen verliebt, das mit fröhlicher Unverfrorenheit nackt vor ihnen ins Wasser stieg, ihr lustvolles Lachen hat sie ans Kreuz genagelt. Der Freund ist athletisch, beinah gazellenähnlich, eine noch androgyne Zierlichkeit. Der Körper zögert.

Es macht etwas bei dem Jungen, er würde den feingliedrigen, aber muskeldurchzogenen, vom Baden noch feuchten Körper gern berühren. Er riskiert eine Hand auf dem Bauch desjenigen, der das Fahrzeug lenkt. Forschend rutschen die Finger ein wenig weiter Richtung Leistengegend. Ein paar lange Sekunden, in denen der heisse Teer in die fahle Nachtluft steigt. Die Hand wartet. Immer noch nichts. Wie soll man das deuten? Plötzlich packt der andere sie und schleudert sie zurück. Sie gehen nach Hause, ohne noch ein Wort zu wechseln. Der Junge ist verstört, bereut seine Geste. Scham beschleicht ihn. Nicht mehr daran denken.

Sie ist Lehrmädchen bei der Schneiderin. Sechzehn, fertig mit der Schulpflicht, den Unterricht mochte sie nie. Bereits ganz Frau, der Körper ist bewundernswert aufgeblüht. So, dass man darüber fast beschämt ist, vor Schüchternheit wie versteinert. Der Junge richtet das Wort nicht an sie. Die Jahre zuvor hat er sich damit begnügt, sie beim Aussteigen aus dem Zug, mit dem sie zur Schule fuhren, von weitem anzusehen. Er träumt davon, sie im Arm zu halten, er starrt auf ihre langen Beine, hofft, einen Blick auf ihren Busen erhaschen zu können.

Der Junge gibt sich ganz dem Liebestraum hin, aber um ihn herum heisst es, dass etwas Schmutziges, Gefährliches dabei sei, etwas Schweinisches. Was also tun mit dieser von weither kommenden Kraft, die ihn drängt, sie wie eine Beute besitzen zu wollen? Er passt auf, dass seine Träumereien geheim bleiben. Er lernt die Heimlichkeit.

Jeden Tag verlässt das Lehrmädchen zur Mittagszeit die Schneiderei und kommt eineinhalb Stunden später zurück. Sie mag Genauigkeit, Regelmässigkeit, Routine. Der Junge steht hinter dem Vorhang seines Zimmers und hält nach ihr Ausschau. Beim Anblick ihres geschmeidigen Gangs fühlt sich sein Körper wie elektrisiert an. Er träumt davon. Sie würdigt ihn keines Blickes: zu jung, sein Körper noch der eines Kindes. Und tollpatschig, naiv, wie es seinem Alter gebührt.

Der Junge erreicht das Alter der Geschlechtsreife, in dem man dazu angehalten wird, sich wie ein Mann zu benehmen. Plötzlich bringen ihn lange Beine, Pos und Busen durcheinander, während er sie letztes Jahr nicht mal bemerkt hat, alles in seinem Körper gerät in Wallung, er weiss nicht warum. Seine Gattung bricht plötzlich über ihn herein und macht ihn zur hölzernen Puppe.

Er versucht sich in Männlichkeit, aber es wirkt wie eine Komödie, bei der er nicht richtig dabei ist. Ein Spiel. Er trägt eine Lederjacke, frisiert seine Tolle. Rasiert sich die Bartstoppeln. Die Jungs, die wild und brutal und Fussballfanatiker sind, die mit Kettensägen hantieren und schnell Schlägereien anfangen, die meidet er. Er ahnt, wovon das männliche Gehabe sie ausschliesst, das Komödiantenspiel der Sieger und die im Tiefflug abgemähten Gefühle.

Bei den Pfadfindercamps ist er die Befehle bald leid, die obligatorischen Fussmärsche, den ständigen Druck, nicht zu weinen. Die Jüngsten zwingt man zu einer Bewährungsprobe: In der Nacht muss man durch den Wald, wird gefangen genommen, an den Pfahl gestellt, ums Feuer herum hagelt es Schläge – auf keinen Fall anfangen zu weinen – dann bekommt man ein unsägliches Gebräu verabreicht – auf keinen Fall kotzen. Danach gehört der Junge zu den «Grossen» und bekommt einen Totemsnamen, nach dem Tier, dessen Eigenschaften man ihm zuordnet: Wolf, Eichhörnchen, Mücke usw. Das Wetteifern, wer am stärksten ist und am meisten Alkohol verträgt, weckt bei ihm das Bedürfnis, die Flucht zu ergreifen.

Die Schneiderin arbeitet die ganze schöne Jahreszeit über am offenen Fenster. Der Junge geht daran vorbei und wirft einen Blick hinein, hofft auf ein Lächeln. Stehenzubleiben traut er sich nicht. Er zählt auf die Macht der Gewohnheit, um sie zu zähmen.

Sie steckt Nadeln, näht, misst ab, schneidet Kleider zu.

Sie ist umgeben von einer Frauenwelt unter der Führung ihrer Chefin, man weist sie ein in die Rolle der jungen Frau. Den Anwärtern der Männlichkeit das Messer, ihr die Nadel, vor allem aber die feinen Stoffe, die Pflege des Erscheinungsbilds, die Kommentare über wer mit wem. Der Junge rennt mit verdreckter Hose über die Felder, seine Hände immer schmutzig.

Das Draussen gehört ihm, er darf durch die Gegend streunen, er lebt ein ungetrübtes Glück, das nach Heu, Misthaufen und Äpfeln duftet.

Sie sitzt zusammengesunken hinter dem aufgezogenen Vorhang. Das Haus ist für sie wie eine zweite Haut, sie verbleibt in der Mütter warmem Bauch, die die Kunst des Fadens an sie weitergeben. Man beschützt sie, denn was sagt man Schneiderinnen nicht alles nach, leichtes Gemüt und frivolen Geschmack?

Nichts macht einem während dieser Jahre ein Treffen leicht; die Geschlechter, bis eben noch gemischt, scheinen nun getrennt, sich den Rücken zukehrend. Keine gemeinsame Sprache mehr. Sogar das Tanzen ist weg, von nun an wiegt jeder sich allein zu elektronischen Rhythmen. Die Einsamkeiten springen einem ins Auge. Andere erfinden Zeichen des Einverständnisses. Die Mädchen haben nein sagen gelernt, müssen ihren Ruf schützen. Selbst wenn sie gern möchten, dürfen sie es nicht direkt sagen. Kryptische Zeichen, ewiges Spiel. Sie spielen unter den Blicken der anderen mit ihrem Ruf.

‹›

Roman 11

Er ist zum Vertrauten seiner Kundinnen geworden. Lorna legt sich auf die Couch und bittet ihn, dass er sich dicht neben sie auf den Stuhl setzt, nackt, und ihre Hand hält. Sie kommt wegen der Liebe, aber vorher will sie reden.

Sie hat jetzt jede Woche um die gleiche Zeit gebucht. Zahlt mit dem Geld des Notars bar auf die Hand. Eines Tages sagt sie das Wort «Liebe». Der Junge antwortet ihr, dass es darum nicht gehe, dass es einen Rahmen gebe. Man spüre ihn nicht, man tut so, als ob, aber diesen Rahmen gebe es, und er lege Wert darauf, es sei eine Frage der Professionalität, des Vertrags. Lorna mag dieses Wort nicht, Vertrag.

Sie sagt: «Ich liebe dich mehr als gestern und weniger als morgen.» Schweigen. Der Junge denkt über den Spruch nach … Lorna klammert sich an den Gedanken.

«ICH LIEBE DICH MEHR ALS GESTERN UND WENIGER ALS MORGEN.»

Eine Formel, die wie auswendig gelernt klingt, man weiss nicht, wo sie her ist, hingeschleudert wie ein Dekret. Gestern ist schon vorüber, morgen nimmt immer mehr zu, alles wird intensiver, stärker. In der Welt dieses Satzes gibt es kein Zurückfallen, keinen Mangel, keine Enttäuschung.

Weniger ein echtes Bild für ihre Gefühle als ein Programm, eine Entscheidung, an der sie sich festklammert.

Lorna erzählt von einer Unterhaltung dreier Studentinnen über deren Freunde: Alle reden über ihre «Unbefriedigtheit», die Mittel, damit klarzukommen, Abhilfe zu schaffen. Von diesem Wasser will sie in ihrem Bad nichts mehr wissen.

Ihren Ehemann erträgt Lorna nicht mehr. Kündigt an, ihn zu verlassen. Sie zerlegt ihn vor dem Jungen in Einzelteile, der vor so viel Grausamkeit erschrickt. Ihr zu sagen, *und wenn der Mangel die letzte Wirklichkeit für uns alle wäre?,* wagt er nicht. Sie würde es nicht hören. Sie will einfach nur den Damm niederreissen.

Recherche 12

Der Deutschlehrer steht in Dandypose an der Klassenzimmertür, sein rostbrauner Anzug ist gekonnt auf seine Haarfarbe abgestimmt. Mit Leichtigkeit und saloppem Ton durchpflügt er die Hochkultur, liest mit verschnörkelter Stimme Novalis und Goethe vor, gerade rezitiert er den *Westöstlichen Diwan.*

Dem Jungen, der mit den anderen Grenadieren aufgereiht in den Bänken sitzt, bleibt nicht verborgen, dass der Meister jede Gelegenheit nutzt, um ihre Körper zu beobachten, den leichten Flaum auf ihrer Haut, die Stimme, die brüchig und tiefer wird, jede noch so kleine Lustlosigkeit in Haltung oder Blick. Er mustert Pullikragen oder enge Jeans, verweilt bei einem zarten Nacken oder kräftigen Unterarmen.

Der Lehrer hat studiert, er weiss, mit den Augen zu lieben, er kann sich, während er die Grammatiklektion herunterbetet, an einem Stück freier Haut erfreuen oder darin lesen. *Wir sprechen Deutsch,* ja, ja! *Wir sprechen Deutsch.* Wenn es der Fall wäre, wüsste man es! Nein, es entgeht ihm kein Zentimeter Haut, seine Augen sind wie ein Radar auf sie gerichtet. Die Schüler beobachten, wie er gestikuliert, zu anmutig für ihren Geschmack, kein Vergleich mit den Kerlen vom Dorf! Jeden Tag werden verschämte Witze auf ihn abgefeuert. Er liebt einen gut gebauten Epheben, griechisch nach seiner Norm, aber schrecklich schüchtern, der seine Absichten kaum wahrgenommen hat. Man stachelt den Teenager dazu an, sich vor der nächsten Prüfung zu parfümieren. (Horrorvorstellung der Jungen: wie ein Mädchen zu riechen oder auszusehen wie ein Schnösel).

«Also, machst du's oral oder anal?»

(Darauf folgen lautstarke Lachsalven.) Ihre erwachende Männlichkeit braucht Bestätigung. In die sich eine Art Furcht schleicht, wenn einer vom Lehrer aufgerufen wird.

Egal welchen Text er kommentiert, beim erstbesten Baum, irgendeiner Glocke, Kerze oder sonst einer Säule ruft der Lehrer völlig ungeniert und in akzentfreiem Deutsch:

«Das ist ja ein phallisches Symbol!»

In der grossen Pause hört man ein Grüppchen Jugendlicher im Chor und auf allen Tonlagen wiederholen:

«Das ist ja ein phallisches Symbol!»

Roman 12

Ein Brief in seinem Briefkasten. Auf der Rückseite ein Stempel mit der Adresse eines Notars am Platz.

Verehrter Herr,

Sie brauchen es nicht zu leugnen: Ich weiss, dass meine Gattin regelmässig zu Ihnen kommt und dass sie Sie bezahlt. Ich habe den Beweis. Wir hatten darüber eine heftige Auseinandersetzung. Weit entfernt, sich wegen der Sache zu schämen, kommt Lorna mir sogar mit Drohungen.

Seit Jahren kehren wir uns nachts wie tags den Rücken zu … Sie hat ihr Leben, wie ich sehe, auf sehr diskrete Art und Weise gelebt. Sie hat sich weiterentwickelt, während ich von früh bis spät gearbeitet habe.

Lorna redet mit Ihnen, was ein Wunder ist, denn ich weiss nichts mehr über sie. Ich möchte Ihnen gern erzählen, was mir passiert ist. Ich weiss nicht, was sich da genau ereignet hat, aber seit jenem Tag kann ich nicht mehr schlafen (ich muss es Ihnen erklären).

Auch mir sind so viele Dinge klargeworden! Ob es noch Zeit ist, um etwas zu ändern? Oder muss ich mit der ganzen Maskerade Schluss machen? Ich schlage vor, wir treffen uns zu dritt und besprechen das Ganze …

Aber lassen Sie mich Ihnen erst berichten, warum ich nicht mehr schlafen kann (siehe beigelegtes Blatt).

Mit verwirrten Grüssen,
Herr M.

Recherche 13

Was machen die Mädchen in den Toiletten, immer zu zweit und wie im Geheimen? Der Junge beobachtet sie, wenn sie nacheinander verschwinden, in schützender Komplizenschaft. Einfallsloser Rückzug oder Eroberungsstrategie?

Dabei gibt es nichts, denkt der Junge, was getrennte Toiletten rechtfertigt, mit den Organen hat es jedenfalls nichts zu tun. Die Kunst, einen Zustand als natürlich darzustellen, der gar nichts Natürliches hat. Ein virtuoser, unsichtbarer Raub …

Mit der Zeit ist die Ordnung der Welt in ihre Körper eingedrungen, im Laufe vieler Tage und wiederholter Gesten, Routinen und Ermahnungen. Jeder hat seinen Platz auf der Bühne und seine Rolle einzustudieren. Man rügte die kleinen Jungen, wenn sie beim Sprechen mit dem Handgelenk wedelten, um ihnen die mädchenhafte Geste abzugewöhnen. Mädchen wiederum hinderte man sehr früh, sich breitbeinig hinzusetzen, während man bei Jungen kein Problem darin sah.

Dieser zweiten Natur fügten sich Mädchen und Jungen widerstandslos und übernahmen vererbte Vorurteile. Sie übertrugen auf die ganze Welt die Vorstellung, dass jedes Ding an sich irgendwie sexuell zugeordnet war,

Farben, Gestirne (die Sonne und der Mond) und Orte (drinnen für die Mädchen, draussen für die Jungen).

Ich durchforste wieder mal den alten Ratgeber, *Die gesunde Familie:*

> *Das Schamgefühl ist Ergebnis einer höher entwickelten Psyche. Eine Frau, die kein Schamgefühl mehr hat, ist im Vergleich zu anderen Frauen deutlich unterlegen: Sie hat etwas verloren, was sie im Wesentlichen von den Tieren unterscheidet. Der moderne Mann wird den Beischlaf irgendwann auf das Niveau einer viehischen Handlung reduzieren, die nur für sein Vergnügen und ohne Rücksicht auf die Frau vollzogen wird. Wenn diese eine solche Dekadenz toleriert und durch ihr Verhalten ermutigt, verspielt sie mit der ehelichen Liebe auch ihre Autorität. Viele Fälle von häuslicher Gewalt sind nur durch die Schwäche der Frau möglich, ihrem Mangel an Schamgefühl und ihrer fehlenden Würde.*

Roman 13

Das dem Brief beigelegte Blatt:

An einem Sonntagnachmittag war ich am Strand. Nackte Badende gingen ihren Beschäftigungen nach. Ein schon etwas älterer Mann mit hängenden Hoden spielte Federball mit einem Mädchen, das seine Tochter sein musste. Ein Studentenpärchen lachte übermässig laut, mit mörderischer Unschuld. Eine Sekunde lang hasste ich sie.

Ein paar Meter neben mir hatte eine Frau ihr Handtuch ausgebreitet. Ihr Körper war gewissermassen ein Fest für Raubkatzen … Ihre muskulösen Schenkel gaben mir die Lust am Leben zurück. Da fing mein lächerlicher Anblick mich zu quälen an. Ich hatte die Hose ausgezogen, aber noch meine Socken an, und war wie gelähmt … So war es nun wohl: Man hatte mich aus dem Paradies vertrieben. Mein ganzer Körper stand mit aller Kraft gegen mich auf.

Zu meinem grossen Bedauern bin ich nicht Tarzan. Ich bin zu gross und ein bisschen dick, mit hängenden Schultern und durch die Jahre in der Kanzlei verkümmerten Muskeln. Ich sah meine Beine an, die wie zwei tote Äste aus meinem Unterleib ragten, weisslich und kaum in der Lage, mich zu tragen.

Ich versuchte, Zeit zu gewinnen, indem ich sorgfältig mein Handtuch ausbreitete. Ich tat, als betrachtete ich den See, wo so viele abwesende Körper wie meiner allmählich in sich zusammensanken. Es war entschieden obszön.

Mein Überleben hing ausschliesslich vom körperlichen Einsatz hunderter fremder Arbeitskräfte ab, von den am Fliessband abgestumpften Fabrikarbeitern und ecuadorianischen oder portugiesischen Putzfrauen, die in aller Frühe zu den Bushaltestellen strömten, ausschliesslich von den sich wiederholenden Bewegungen der Feldarbeiter und der Kellnerinnen in den Restaurants, ganz so, als würde ich mich auf ihre von der Arbeit geschundenen und gebeugten Rücken aufstützen.

Das warme Nest meines Autos war mir lieber als die Masse auf den Strassen. Ich fürchtete mich vor dem Leben und der unheilvollen Aussenwelt. Die Tiere, die Bäume, das war mir alles egal und ekelte mich zum Teil …

Das Land bevorzugte Leute meiner Sorte, die in der Lage waren, andere oder das Geld anderer arbeiten zu lassen: Das Recht, sich zu bereichern, war hier heiliger als alles sonst.

Diese Region, die jahrhundertelang arm war, ohne Rohstoffe oder grosse Ideen und wo man die Gewohnheit pflegt, beim Bergaufwärtsfahren zu bremsen, war plötzlich eine der reichsten der Welt geworden. Alle benahmen sich, als wüssten sie nicht, warum. Seitdem hatte man sich Hals über Kopf ins Finanzwesen und in die Herstellung von Waffen und Antidepressiva gestürzt.

Man liess den Reichtum gären wie zu schweren Wein. Bis dahin hatte ich mir die Komödie des Einzel-

kämpfers vorgespielt, der vom Erfolg gekrönte Typ, der bei null angefangen hatte.

Mit Sicherheit wäre ich nichts ohne die Arbeit der vielen kleinen Hände. Mein Körper, so weiss und schlaff wie der eines Wurms, machte mir das unter dem Blick meiner Nachbarin schlagartig bewusst.

Die Leute, mit denen ich mich treffe, sind alle wie ich. In der Oper mimt man natürlich den Humanisten. Und in der Messe, wo Niemandes Auge auf mir ruht, denke ich ständig an etwas Anderes …

Ja, dachte ich bei der Entdeckung meiner unförmigen Füsse und unsauber geschnittenen Fussnägel, ich habe ein selbstgefälliges Bild von mir und alle werfen es mir mit derselben Begeisterung zurück.

Eine Erektion tat mir inzwischen fast schon weh … Vor jedem Risiko im Leben war ich weggerannt und jetzt, vor dieser Unbekannten, blieb mir nur noch die Scham …

Recherche 14

Das Klassenzimmer hat für den Jungen etwas vom Bauch eines Schiffes, wo die Gefangenen unter dem Kommando eines Doppelagenten rudern. Die fein säuberlich aufgereihten Bänke, der Blick des Meisters, der von seinem Podest auf sie heruntersieht. Er denkt an die Zigarettenarbeiterinnen auf Kuba, denen man laut Romane von Liebe und Revolution vorliest, um ihre arbeitenden Hände zu begleiten.

Und tapfer rudert er weiter, der Junge. Dreimal ums Fussballstadion, bis er die Lateindeklination intus hat. Noch dreimal, um die Geometrieformeln in den Kopf zu bekommen. Vielleicht fragt ihn der Dompfaff morgen ab. Wenn er jemanden aufruft, redet er mit theatralischer Stimme, Grabesstimme fast, um dem Auftritt des Solisten eine feierliche Note zu geben:

«Du dahinten in der letzten Reihe, was hat Cäsar denn jetzt während des Gallischen Krieges gemacht? Im Konjunktiv, bitte?»

«Ich?»

«Ja, ja, du, die Sängerin! Gib mal deine schöne Opernstimme zum Besten.»

«Also, äh … Caesar … persecuisset …»

«Aha, sehr gut, nun hat sie's gesagt, die Callas, Cäsar ‹persecuisset›! Ein Teufelsfussballer, dieser Cäsar!»

In diesem Alter kommt aus dem Jungen eine Mädchenstimme heraus, oder noch schlimmer, die eines Kastraten? Die Tonlage steigt, sobald er etwas vor anderen sagen soll. Er kann nichts dagegen tun. Wann bekommt man es denn, das selbstsichere männliche Auftreten, das alle von einem erwarten?

Heilige und Märtyrer waren die Vorgänger – nicht leicht, dem Griff der Vergangenheit zu entkommen. Ein Vorname, eingraviert wie ein Gesetz, tut sein Übriges, um es einem ins Gedächtnis zu rufen. Mit diesem seltsamen Etikett hat man zu leben, dessen Willkür einem über kurz oder lang auf der Haut festpappt.

Manche schienen männlich und weiblich gleichzeitig zu sein, beidseitig tragbar und in Kette auszusprechen, und schrieben mit ihren zwei Gesichtern eine Welt von Hybriden fest, zum Beispiel, ganz besonders fromm, *Pierre-Marie, Jean-Marie* oder *Marie-Josèphe,* oder auch die religiösen Namen (es reichte, Schwester Ignazius zu sagen, um den kleinen Kindern Angst zu machen).

Bei immer mehr Aktivitäten mischt man die Geschlechter, bei anderen – den Pfadfindern, im Sport, bei der Armee – trennt man sie weiterhin. Die Mädchen haben Zutritt zu neuen Räumen und Berufen, die bis dato Männern vorbehalten waren.

Mädchen und Jungen treffen sich in der Oberschule (früher hatten die einen eher Schluss als die anderen, damit sie nicht mit demselben Zug nach Hause fuhren), die Verständigung der Geschlechter funktioniert wie beim Tanzen, so dass dann, wenn man anscheinend ganz frei ist – zusammen trinkt und raucht, einander anmacht und abblitzen lässt – immer noch eine sehr alte, unsichtbare Grenze zwischen ihnen verläuft. Gleichsam zusammen und getrennt, befällt sie dann so etwas wie ein beruhigender Aufruhr, eine wohlige Enttäuschung.

Und diese Bedingung begleitet sie ihr Leben lang. Wer in zu grosse Nähe der weiblichen Welt rückt, wird schnell schief angesehen.

«Du wirst wohl langsam häuslich, du alter Stubenhocker … stehst du schon unterm Pantoffel von deiner Frau?»

Wie alle anderen wächst er in der ständigen Angst auf, ihm könnte zu viel fehlen, um ein ganzer Junge zu sein.

Roman 14

Die meisten Kundinnen haben dieselben Erwartungen. Sie sind mehr auf der Suche nach Anerkennung als nach Sex. Trotz allem versuchen Männer und Frauen, zueinander zu finden, Momente miteinander zu teilen. Auch wenn man Geld dafür hinlegen muss (aber man zahlt ja auch für organisierte Reisen). Dadurch entstehen alle möglichen Situationen und Missverständnisse.

Der Junge probiert neue Formen aus. Ist gewissermassen bei der Avantgarde dabei. Kehrt allen Reden haltenden, erklärenden Stimmen ringsum den Rücken.

Den Bann dieser immer wiederkehrenden Erzählung brechen. Dialog mit einem Freund:

«Die Kundinnen kommen mit ihrer ganzen kleinen Welt zu mir. Meistens jammern sie … über den Mann, die Einsamkeit zu Hause, über Freunde … Ich würde ihnen gern abgewöhnen, an all das zu glauben, woran sie leiden …»

«Das kannst du vergessen. Die Klischees über die grosse Liebe, der Zwang zur Selbstverwirklichung, diese ganze komische Fiktion hat die Macht der Gewohnheit auf ihrer Seite.»

«Was meinst du damit?»

«Es sind nicht nur die Vorstellungen, die sie haben, sondern bereits die Form ihres Bewusstseins … Und das kannst du ihnen nicht auf einen Schlag abgewöhnen. Die

Leute entwickeln so etwas wie ein Greiforgan mit Saugnoppen, um eins werden zu können … Und vor allem wollen sie unbedingt anders sein als die anderen, ‹Individuen›, und verstehen in der Hinsicht keinen Spass … Sie lesen eine orange Tageszeitung, steigen in ein oranges Flugzeug, kaufen bei einer orangen Supermarktkette ein. Aber sie legen irrsinnigen Wert darauf, dass sie anders sind …»

Der Junge würde gern in die Berge fliehen. In manchen Momenten wird die Übelkeit zu gross. Es ist verrückt, lehnt sich denn hier niemand auf?

Überall die ganze Ware, zwanghaft, im Überfluss und tot quillt sie aus den Schaufenstern, diesen hohlen Glasaugen. Und überall Angstschweiss und Frustration.

Überall wird man aufgefordert, zu leben und zu denken wie die Schweine … Die meisten lassen es mit sich geschehen, vielleicht aus Angst, aus Verdruss, oder aus Interesse?

Recherche 15

Das Gesetz behauptet, der Junge ist noch minderjährig, aber er ist ein Erwachsener, der bereits diese endlos langen Beine und lianenhaften Arme befehligt.

Hinter einem Pass, im Auto über die Dörfer mit seinem grossen Bruder, seine Augen auf die Mädchen geheftet. Sie stehen in kleinen Grüppchen vor den Cafés, belagert von jungen Kerlen auf Mopeds.

«Schau sie dir an», ruft sein Bruder. «Ganz frisch und bereit, wie die Blumen für die Bienen. Und die Typen auf ihren Mühlen, siehst du, was sie für schlecht gelaunte Gesichter machen wegen der ewigen Warterei? Finde dich damit ab, dass sie es sind, die in den Genuss kommen, nicht du …»

Wie ist es dem Jungen bei solchen Worten gegangen? Ich würde ihn in diesem Alter gern selbst hören. Aber er hat so wenig Spuren hinterlassen, dass ich ihn nur rekonstruieren kann.

Zur Hölle mit Pädagogen und Ärzten, ich muss vom *Schulschiff* erzählen. Ja genau, vom Schulschiff.

Das findet man in keinem Wörterbuch!

Es ist eine Frau. Vielleicht aus einem Film von Fellini?

Auf jeden Fall sind es die Italiener, die es erfunden haben, das *nave scuola.*

Es ist sehr, sehr alt und es gibt keine Schriften dazu.

Undurchschaubare Verhaltensweisen von Einheimischen? Sich verlierende Tradition? Höhere Macht unsichtbarer Instanzen?

Das Dorf macht fette Beute damit.

Also, das Schulschiff.

Wieder einmal sind es die Frauen, die sich der Sache widmen. Oder vielmehr widmet man sie der Sache. Man verlangt alles von ihnen in dieser Welt, Sorgfalt, Liebe, Hingabe, Aufopferung. Grenzenloses Geben. Keine der männlichen Gemeinheiten widert sie an. Sie tragen die Kinder aus, geben ihnen Milch, wischen ihnen den Hintern, führen sie an der Hand zur Menschlichkeit, Hüterinnen weinsaurer Ehemänner und orientierungsloser Greise.

Ich höre mir die Polemiken der Zeit an, informiere mich über «Grundsatzfragen», die auf einer katholischen Internetseite gestellt werden:

> *Die Gendertheorie taucht 2011 zum ersten Mal in den Schulbüchern auf.*
>
> *Diese Theorie basiert auf dem Prinzip, zwischen dem biologischen Geschlecht einer Person und ihrer sexuellen Identität radikal zu unterscheiden.*

Der Artikel stellt infrage, dass die Freiheit bezüglich der sexuellen Orientierung eine Rolle spielt:

> *Während das biologische Geschlecht von Geburt an festgelegt ist, wäre die sexuelle Identität die «subjektive Wahrnehmung, die man (laut Schulbuch) von seinem eigenen Geschlecht und seiner sexuellen Orientierung hat» sowie das Ergebnis eines kulturellen Klimas und einer gesellschaftlichen Konditionierung. Hat ein solcher Unterricht wirklich seine Berechtigung in den Lehrplänen der Biologie?*

Zur Beantwortung dieser Fragen wird auf die Arbeit einer Neurobiologin verwiesen:

> *Die wissenschaftlichen Beobachtungen weisen tendenziell eher auf das Gegenteil hin, nämlich dass der Mensch von der Zeugung an entweder als Mädchen oder als Junge identifiziert ist und dass diese Unterscheidung unser ganzes Leben lang in jeder unserer Zellen eingeschrieben bleibt. Lise Eliot, eine erfahrene Neurobiologin, schreibt:*
>
> *«Ja, Jungen und Mädchen sind unterschiedlich. Sie haben unterschiedliche Interessen, unterschiedlich starken Bewegungsdrang, unterschiedliche sensorische Schwellen, unterschiedliche Körperkraft, unterschiedliches Bindungsverhalten, unterschiedliche Konzentrationsfähigkeit und unterschiedliche intellektuelle Fähigkeiten!»*

Aus dem Kontext gerissenes Zitat, das sämtliche von Lise Eliot formulierten Nuancen kaschiert (*Wie verschieden sind Sie? Die Gehirnentwicklung bei Mädchen und Jungen,* Berlin Verlag). Sie unterstreicht, dass diese sehr reale biologische Basis durch diverse Faktoren wie Entscheidungen in der Erziehung und kulturelle Normen stark modifiziert werden kann.

Trotzdem schliesst der Artikel der konfessionellen Internetseite unvorsichtigerweise mit einer endgültigen Rückkehr zum «natürlichen Gesetz»:

> *Die Gendertheorie kann also eher als Debatte und ausserwissenschaftliche Theorie bezeichnet werden, die auf den Lehrplänen eines wissenschaftlichen Unterrichts keinen rechten Platz hat. Wahrscheinlich ist diese Ideologie eine Antwort auf die hochmütige Versuchung, nur von sich selbst abhängen zu wollen und einem natürlichen Gesetz zu entfliehen, das uns auferlegt scheint.*

In Neapel ist der Junge wie vor den Kopf gestossen von einem Gemälde von Caravaggio, *Die sieben Werke der Barmherzigkeit,* auf dem eine Frau einem alten Mann die Brust gibt. Fast obszön ist diese Geste, höchste Gabe im Katalog der Opfertugenden. Nach Ansicht der Dorfältesten sind die Frauen seit eh und je dafür bestimmt. Sogar ihr Schmerz nimmt poetische Züge an: Häusliche Arbeiten, Niederkünfte, Trauer. *Mater dolorosa* usw.

Roman 15

Der Körper, unvergleichbares Instrument der Erkenntnis.

Und trotzdem, denkt der Junge, gibt es eine Menge Leute, die nichts davon wissen wollen. Wer sich dem Vereinigen der Körper verweigert (oder Ausschliesslichkeit darüber verhängt), hat keinen echten Zugang zum Anderen.

Die Beschaffenheit von Haut beschreiben, den intimen Geruch, die lauwarmen Körperflüssigkeiten, den Schweiss, den Speichel und die saure Feuchtigkeit der Vulva, die brüsk oder abgehackt werdenden Bewegungen, die widersprüchlichen Gesichter der Lust, diese Art Schmerz und Hingabe in der Mimik.

Er könnte diesen Gesichtern stundenlang zusehen. Nichts darin lügt über die eigenen Bedürfnisse, das Scheitern, die Stärken. Wie schön sie sind, wenn die Schlacke der Konventionen und alle Scham erst abgelegt ist! Wenn sie schreien oder weinen, wenn sie Gier oder Bisse nicht mehr unterdrücken können.

Man hat dazu keinen freien Zutritt, Unzucht und Ausschweifung allein (wieder die biblische Geringschätzung) reichen nicht aus. Vielmehr braucht es eine Art Mut, sich ohne Sicherheitsnetz dem Unterschied auszusetzen.

Seit Jahren kann der Junge die hohlen Worte über die Liebe nicht mehr ertragen; Pferdescheuklappen, eingeschränkter Horizont: Man drängt das Duo dazu, Kinder zu zeugen und aufzuziehen, bevor sie Hab und Gut und ihren Körper abgeben. Schluss mit Puppen und Lastern, Ballettstunden und Fussball; mit den ganzen vorprogrammierten Leben.

Diese festgefahrene Geschichte nimmt ihm die Luft zum Atmen.

Er versteht nicht, warum man Türen zumacht. So viele Leute, die sich einer Routine folgend oder aus Angst vor Einsamkeit in einen Käfig stürzen. Die ganzen Verträge schnüren ihm die Kehle zu: der Moder verschlossener Räume, ängstlicher Besitz, Verschleiss und Verleugnung. Gibt es noch eine andere Erklärung dafür als Angst? Und ist ein von Angst gesteuertes Leben die Mühe wert?

Das Wort «Liebe» klingt für ihn nach einem Licht, das da aufscheint, wo zwei Wesen sich vereinen.

Recherche 16

Also, das Schulschiff.

Sie: die andere Seite der Medaille. Aus Geschmack an der Wahrheit lernt sie zu lügen. Die jungen Leute führt sie in die Liebe ein. Sie, uralt und immer wieder neu. Die tut, was die anderen nicht aussprechen. Die ausspricht, was man nicht sagen darf. Wo kommt sie her? Warum ist sie für diese Rolle prädestiniert? Ihr einen Namen zu geben, hiesse bereits, ihren Mythos zu schmälern.

Aber das trifft es auch nicht. Einfach so etwas wie ein mit offenen Armen und vertrauensvoll gelebtes Leben. Sie weiss, dass die Liebe, die man gibt, sogar unverstanden Früchte trägt. Dass sie ein Wesen ohne Blockaden hervorbringen kann, dem die sozialen Konventionen von vornherein als fiktiv erscheinen.

Sie weiss, dass nur der aus Verbitterung sterben kann, der sich nicht hingibt. Deswegen lächelt sie, deswegen lacht sie.

Man hält sie für zu frei, die anderen Frauen fürchten sich vor ihr und geben Kommentare über sie ab. Sie hat Erfahrung. Der schlechte Ruf, der gehört ihr. Mitten im Dorf bleibt sie aussen vor.

Das Schulschiff hat meistens einen Ehemann an ihrer Seite. Sie ist kein schräger Single, der am Waldrand lebt, wie oft in der Literatur. Und sie liebt ihre Kinder. Sogar ihren Mann. Sie braucht nur ein Leben oben drauf, eine Kulisse hinter ihrem Leben.

Das Recht, auf noch viele Arten Frau zu sein, auf dem *anderen Schauplatz.*

Die Jungen mit ihrem blankliegenden Körper machen harte Sportarten, sie haben das Bedürfnis, sich zu schlagen. Sie halten ihre Mutter auf Abstand, haben woanders zu tun. Die Mädchen treiben ihren Spott mit ihnen, machen erst einen Schritt auf sie zu, entziehen sich dann wieder, ein subtiles Hin und Her, bei dem es um ihren Ruf geht (eine Zeit, die noch gar nicht so lange her ist). Die Jungen kommen schwer zurecht mit diesem Hätscheln und Zaudern, diesen Kehrtwenden und Sinneswandeln, die sie oft, vor Verlangen brennend, hinter einer Tür allein lassen.

Manche träumen von einer Initiationspriesterin, einer freigiebigen Frau, bei der sie lernen könnten. Halb Mutter, halb Freundin, genug liebend und frei genug, um nichts weiter von ihnen zu fordern als die Freuden der Liebe. Sich austoben. Sich einen Augenblick das Paradies der Körper vorstellen, dann eine Art überraschenden, irrealen Frieden, während die rohen Bilder einem noch im Kopf herumschwirren. Und das Bedürfnis, danke! zu rufen.

Das Schulschiff offeriert seine Dienste den jungen Leuten ein paare Jahre nach dem ersten Messer. (Sie bringt sich ganz ein, die *nave scuola,* und zahlt auch noch für ihre Grosszügigkeit, nämlich mit ihrer Ehre. Die Nachbarn tuscheln und verhängen reihum Urteile. Ödnis der Schlafzimmer …)

Sanft hat sie die Jungen dann im warmen Geruch des Fleisches gewiegt, in der grossen genitalen Stille. Mit ihrer Hilfe überqueren sie langsam den Fluss. Stellen sich auf die Brücke wie der Gott Pan mit hochgerecktem Schwanz und unschuldigen Hüften. Nach der Überfahrt werden sie zu Männern gesalbt. Am anderen Ufer drehen sie sich ein letztes Mal um und verabschieden sich von der guten Fährfrau …

Wieder aus *Die gesunde Familie:*

> *Die Unbedarftheit, mit der Männer über Sexualität sprechen, ist in jedem Sinne ungebührlich. Nicht nur, da für die Frau mit dem sexuellen Verkehr böse Konsequenzen verbunden sind, aber weil beide dem Kind gegenüber, das «zufällig» das Licht der Welt erblicken könnte, Verantwortung tragen; zudem hat der sexuelle Verkehr für beide Eheleute Auswirkungen auf die intellektuellen Fähigkeiten, die Lebensdauer, die Heilung chronischer Krankheiten, usw. Zwischen Eheleuten von normaler geistiger Verfassung und körperlicher Gesundheit tritt sexuelles Verlangen nur in Folge von Liebe auf, oder zumindest sollte es immer so sein. Leider ist das beim Mann nur selten der Fall.*
>
> *Auch wenn die Männer sich gern als «das starke Geschlecht» bezeichnen, sind sie moralisch gesehen schwächer, sowohl wegen ihres stärkeren Sexualtriebs, der sie dominiert, als auch wegen des Rückhalts, den die Frau in der Mutterschaft findet und der dem Mann fehlt. Er hat die Konsequenzen seines Handelns nie so zu tragen wie die Frau, weshalb diese sich besonnener und reservierter verhält.*

Roman 16

Aus dem Tagebuch des Jungen:

Endlich Ferien! Und beinah immer allein. Diesmal in einem Örtchen, dessen Namen ich mir notiert hatte, als ich einmal im Auto daran vorbeifuhr, wie ein Stück Paradies, zu dem zurückzukehren man sich geschworen hat. Flache, mit Eichen und südländischer Vegetation bewachsene Hügelkuppen, fast tropenhaft: wie die kleinen feuchtwarmen Täler hinter Rio de Janeiro, wo Stefan Zweig und seine Frau begraben liegen. Ich hätte ihnen gerne Guten Tag gesagt. (In jenem Land, so schön es auch war, haben sie gespürt, wie ihre Welt sich auflöste und sie nicht weiterleben konnten.) Die Bodennutzung und die bevorzugten Pflanzenarten gehen auf eine alte, sehr sorgfältige Auswahl zurück: Ziegen und Hühner laufen zwischen Olivenbäumen umher und überall Weinstöcke, Feigenbäume und Kapernsträucher (die Blüten oder Früchte in Salz einlegen) und viereckige Weizenfelder. Ganz in der Nähe warten Fischer auf Sardinen und acciughe. *Beim Spazierengehen kommen mir Ideen für ein Menu: Ziegenkäse oder sehr trockener Schafskäse mit einer Spur Olivenöl, dazu Anchovis auf Brot und Rotwein aus der Region. Zum Dessert eine sehr reife Feige, so weich, dass man sie quasi mit den Lippen einsaugen kann!*

Ich muss wirklich die Inkarnation der Allegorie sein, die ich an einem Pfeiler im Palais Royal gesehen habe: ein riesenhaftes pausbäckiges Baby, ordentlich am Zechen, den Kelch in der Hand, quer über einem Schwein mit provokanter Schnauze liegend. Darunter die theologische Bildunterschrift: CRAPULA, ein so schönes Wort braucht keine Übersetzung. Die Kultur der Mittelmeerregion liegt in diesen wenigen biblischen Speisen. Ich habe das Gefühl, perfekt in diese Umgebung zu passen. Friedlich und zeitlos. In meinem Land hat das Leben durch die Eintönigkeit und den Trott etwas Schwerfälliges. Hier scheint überall eine alte, volkstümliche Kultur durch, die im Einklang ist mit dem Klima und dem nahen Meer. Die bunten Häuser hängen in Trauben an der Hügelkuppe. Dahinter fruchtbare Felder und Quellen, oben Wälder und unten alles, was man zum Angeln braucht. Aber mein Blick auf dieses Land ist der des Touristen …

Ich bin den ganzen Tag herumgewandert, ohne genug zu bekommen, so viel gibt es zu sehen. Und vor der harten Scheibe des Meeres ein ganzer Film sich entzündender und läuternder Gedanken. Frühjahrsputz! Direkt unter mir die Bucht, die Zitronenbäume, die langsam kreisenden Möwen, ihr Schreien klingt wie Miauen. Ich habe nämlich auch schon einen Freund, die rote Katze von der Strasse, die mich seit gestern Abend mit ihrem Klagelaut grüsst. Es gefällt mir, wenn ein Haus von Katzen getaktet wird (wie bei den Mönchen), sie machen ein bisschen gemeinsame Sache mit der Wanduhr. Mit der vom Sonntagnachmittag, wenn man mit allem und dem Rest hadert. Ein innerer Takt und ein äusserer, die sich Stück für Stück teilende und schwingende Zeit. Wie eh und je mit Katzen reden, die stoisch bleiben, wenn die Menschen in Sorgen ertrinken. Der Eindruck, sich wortlos zu verstehen.

Recherche 17

Nie gibt der Vater zu, dass ihm etwas weh tut. Er hat vom Bau eine Wunde an der Hand? Er lacht beim Abendbrot darüber, lehnt ab, sie zu verarzten, «das heilt von allein». Dann provozierend: «Wir sind doch hart im Nehmen.» Der Junge weiss nicht, ob er bei diesem «wir» auch gemeint ist oder nicht. (Der Pétanque-Verein im Dorf hatte den prahlerischen Beinamen «Die Hartgesottenen». Es ging dabei weniger um körperliche Kraft, als darum, der endlosen Litanei der Aperitife zu widerstehen.)

Der Vater vermeidet es, darüber zu sprechen, was er denkt, Gefühle und das ganze Zeug. Dieses Gerede überlässt er «den Frauen».

Als der Junge ihm von seiner Scheidung Mitteilung macht, sagt er dazu nur, dass man die Dinge finanziell vernünftig regeln muss.

Eines Tages hat der Vater erfahren oder verstanden, dass ein Eisläufer, der bei den wichtigsten Wettbewerben der Welt für das Land antrat, eine «Schwuchtel» war. Von da an lehnte er es kategorisch ab, dem Wunderkind bei den Meisterschaften im Fernsehen zuzusehen.

Das Foto der beiden Gevattern konnte man damals überall sehen: der Vorsitzende der katholischen Partei und der Chef des *Pain quotidien,* Gangstervisagen wie aus dem

Kino, rote gedrungene Gesichter hinter beschlagenen Brillengläsern und ein ewiges Verschwörerlächeln auf den Lippen. Für den Jungen erzählt das Foto ein ganzes Jahrzehnt, das Jahrzehnt vor dem Fall der Mauer: Die Männer regieren den Klan, stillschweigendes Einverständnis, Hang zu Geheimniskrämerei.

Die Presse karrt jede Menge Material zur Fortsetzung meiner Recherche heran. In *Le Monde diplomatique* (August 2016) lese ich:

> *Die amerikanischen Präsidentschaftswahlen waren schon immer ein Schauplatz männlicher Selbstbehauptung. «Eine nur wenig weiterentwickelte Version des Beliebtheitswettbewerbs unter Halbwüchsigen.» Das Schlimmste dabei ist, genau wie in der Schule, als Schwächling zu gelten. 1988 hatte der Demokrat Michael Dukakis es den Republikanern abgenommen, ihn lächerlich zu machen, als er es für eine gute Idee hielt, mit Helm auf dem Kopf auf dem Rand eines Tanks entlang zu balancieren wie ein Vierjähriger, der sein erstes Kunststück aufführt. Dieses Jahr lieferten sich Mister Donald Trump und seine republikanischen Konkurrenten einen Wettbewerb à la «Wer hat den Grössten», im wahrsten Sinne des Wortes. Im Mai machte Mister Marco Rubio eine Anspielung, der alte Playboy mit dem orangenen Gesicht hätte einen winzigen Penis, was von dem Betroffenen lautstark dementiert wurde. Im Januar hatte jener sich noch über ein Paar Stiefel mit Absätzen mokiert, die der Senator von Florida zur*

Schau trug, was diesen wiederum zum Konterfei mit Geschwätz über American-Football und Waffen zwang. Die politische Debatte in derartige Untiefen versinken zu sehen, beunruhigt viele Kommentatoren und Aktivisten. Wahrscheinlich alles intellektuelle Weicheier, die keinen Spass verstehen?

Jedes Jahr um die gleiche Zeit Ende August gingen die Jungen in die Bar, um sich die neuen «Sommeillères» anzuschauen, ihre Kellnerinnen und Schäferinnen für wenigstens ein Jahr. Sie sagten auch «Sommiches», so wie andere «Bonniches» sagen, verächtliches Suffix, rein zufällig immer für Frauen verwendet, die (in wilder Reihenfolge) nicht nur einem Hungerlohn, Überstunden und Heimweh (nach Frankreich) trotzen mussten, sondern auch den Kohorten von jungen und alten Männern, die kamen und sie mit den Augen taxierten, ihre Rundungen und ihren Charakter bewerteten, manchmal ihr Glück versuchten (es kam zu Hochzeiten), oder einen heiter bis schlüpfrigen Spruch fallen liessen; sie taten dann, als hätten sie es nicht verstanden und strengten sich an, vor dieser männlichen Zusammenrottung die Ruhe zu bewahren (wie manche Beute in der Tierwelt), undurchdringlich zu bleiben, könnte man sagen.

Kurz bevor die Bar schloss, war es Zeit, abzukassieren und sie näherten sich den Trauben junger Männer mit strähnigen Haaren. Legten auf dem Tisch den schweren Geldbeutel aus samtweichem Leder ab, in dem das Kleingeld klingelte wie die Glocke bei der Eucharistie. Einen Moment lang zog das dicke Portemonnaie alle Augen auf seine blanke Haut, als enthüllte die neue Kellnerin ein zusätzliches (weibliches?) Phantasieorgan, das sie noch warm vor die Jungen hinwarf, um ihnen die Lächerlichkeit ihrer Geschlechtsmerkmale vor Augen zu führen.

Wie alle mit einem Penis ausgestatteten Wesen musste der Junge Einschränkungen im Leben hinnehmen, um als männlich eingestuft zu werden: Seine Gefühle, sein Körper (er traut sich natürlich immer noch nicht zu tanzen!), ja sogar seine Gedanken passen sich den ganzen Erwartungen nicht ohne Verluste an … Und manchmal tragen die mit einer Vulva ausgestatteten Wesen anmutig ihren Teil dazu bei. Auf der Strasse aufgeschnappt:

«Egal, für wen sie sich halten, Hauptsache, sie haben eine raue Stimme und behandeln uns wie Frauen …

Roman 17

Nach dem Baden durch die Gassen laufen, Zeit, um auf einer Art Gedicht herumzukauen:

Nach dem Spiel im Wasser
Suchst du die Hitze
Die reglose Sonne
Salz trockener Sand
Dann Eis weil der Verkäufer
Dir die Kühle anpreist …

Aber denk an das Oratorium
In dem Gässchen
Mit den fast komischen Schädeln
Stuck und Gips
«Mehlkruste», hast du gelacht!

Erst dort wirst du
Wenn du sie nicht fürchtest
Dein Bad im Schatten nehmen.

Recherche 18

«Ein Mann sein heisst, mit den Händen arbeiten, alles Übrige zählt nicht», sagt der Vater.

Die Arbeit ist mit Brutalität verbunden, sie wird gemessen an der gewaltsamen Veränderung der Welt, an der Zurschaustellung von Stärke. Mauern bauen oder einreissen, Bäume umsägen, Autos reparieren, Brückenkrane aufstellen.

Der Vater wundert sich, den Jungen in Bücher vertieft zu sehen, diese kleinen, sehr leichten Ziegel ... Eine Enttäuschung, die man ihm anmerkt.

Und was soll man dazu sagen, dass der Bengel eine Vorliebe fürs Marmeladekochen hat? Was reitet ihn, wenn er sich in Schürze in der Küche verkriecht, um das Obst vorzubereiten?

Ein Cousin lebt in einer Stadt im Ausland, er studiert an der Universität und kommt zweimal im Jahr für Familienfeste heim. Er trägt das Haar lang, die Zigarette im Mundwinkel und einen Hut nach der neusten Mode. Er mischt Flüche mit schlauen Sätzen. Sein Vater (Minenarbeiter seit seinem vierzehnten Jahr) verlacht das Studentenleben ein wenig, das er dennoch finanziert, und seinen am Schreibtisch klebenden Sohn. Er hat sowas noch nie gesehen. Nur ein Nachbar, der chronisch krank ist, schreibt Gedichte, die er drucken lässt, um sie im ganzen Viertel zu verschenken. Man lässt ihm die Liebe zu den Wörtern durchgehen, die nur durch sein Leiden entschuldigt wird. Ausgeschlossen aus dem Kreis der Männer, ans Krankenbett gefesselt.

Was den bewunderten Cousin angeht: Er wird die Bücher zu seinem Beruf machen. Nach ein paar Jahren bringt er seinen Eltern ein sogenanntes *mémoire*, eine Art grossformatiges Buch mit einem Schwarz-Weiss-Foto auf dem Deckblatt (eine stürmische Landschaft oder ein Baum unter freiem Himmel). Darauf steht in fetten Buchstaben:

DER HÖHERE EMPIRISMUS

Unten drunter entziffert der Junge noch einen Satz: AUFSATZ DER TRANSZENDENTALEN PHILOSOPHIE, DAS DENKEN VON G. DELEUZE, oder so ähnlich. Der Name sagt ihm nichts, wahrscheinlich ist der gute Mann nicht von hier. Er versucht, sich den Titel zu merken, aber die Worte geraten ihm durcheinander.

Er verwechselt *le mémoire* und *la mémoire*. Er denkt, «Empirismus» käme von *empire*. Und mit «höherer» wäre ein gesellschaftlicher Rang gemeint.

Der Junge hat nur seine fünfzehn Jahre, um diesem Titel entgegenzutreten, der in für die ganze Familie unverständlichen Lettern stolz und provokant auf dem Tisch liegt. Schön wie ein seltenes Metall oder wie eine Beleidigung … (Im Dorf ist bekannt, dass der Cousin ein helles Köpfchen ist, aber mit Bewunderung hält man sich zurück.) Nachweis einer Intelligenz, mit der man nichts anfangen kann, eine Art zusätzliches Organ ohne Funktion, dessen Wert aber dort in der Ferne anerkannt wird, in einer unerreichbaren Währung.

Das seltsame *mémoire* wird ungelesen (abgesehen von den ersten Zeilen, die bereits eine so unüberwindlichen Barriere darstellen, dass einem vor Mutlosigkeit schlecht wird) für die Ewigkeit im Bücherregal verwahrt. Ein zur Dekoration verdammtes, mit der Zeit immer absurderes Objekt.

Bei jedem Besuch erzählt der Cousin mehr Anekdoten über den Philosophen, dessen Kurse er besucht, er lässt sich die Nägel wachsen, raucht im Hörsaal … Von den Studenten umringt, die sich ums Wort streiten, ermuntert er sie mit Ausdrücken von der Strasse. Der Cousin redet auch von einem gewissen Kant, Immanuel, und dessen täglichem Spaziergang um exakt fünf Uhr, und dass die Haushälterinnen ihre Uhr nach ihm stellten; und dann von so einem jüdischen Handwerker in Amsterdam, der Brillengläser schliff …

Es gibt also Männer, die die Nase nicht aus den Büchern nehmen und trotzdem keine Mönche sind? Sie machen ihren Beruf daraus. Sie stapeln die Bücher in ihren Wohnungen, wo sie an den Wänden entlang eine zweite Haut bilden, eine Schutzschicht.

Geräusche dringen nur gedämpft hindurch.

Der Cousin sagt nicht die «Philosophie», sondern nur die «Philo», das macht sie weniger einschüchternd, ein bisschen kleiner und handlicher. Wie ein Spiel. Er hat auch seine Katze Philo getauft, seitdem gehört das Wort zum Alltag, aber der Junge weiss nicht, was man darunter versteht.

Die «Philo» erscheint ihm wie ein grosser papierner Kokon, aus dem etwas Schmetterlingsähnliches schlüpfen muss.

Roman 18

In seinem Traum sieht sich der Junge in der Mitte eines alten Hauses im Kolonialstil sitzen, es hat hohe Fenster aus dunklem Holz und geht auf allen vier Seiten auf einen Busch hinaus, der an Afrika erinnert. Das Haus steht mitten in einer trockenen und staubigen Ebene, die in der Ferne von Gebirgsketten gerahmt wird. Er ist dort mit einer Frau, es kommt ihm vor, er wäre bei ihr zu Hause, aber er sieht sie nicht.

Rings um das Haus sind Tiere, Elefanten, Hühner, Giraffen, deren Grösse die normalen Proportionen bei weitem übersteigt. Mit lautem Getrampel laufen sie vor den Fenstern über die Holzveranda. Ihre hämmernden Schritte erschrecken ihn, der Rhythmus dringt ihm ins Mark und schwillt an, denn es werden immer mehr, die vor dem Haus hin- und herlaufen. In einem tauben Gefühl von Bedrohung geht er nach draussen, um die riesigen Tiere zu beobachten.

In diesem Augenblick kommt es auf der Bergseite zu einer grossen Bewegung: Eine Beschleunigung der Kontinentaldrift bewirkt, dass die tektonischen Platten vor seinen Augen gegeneinanderstossen, er sieht mit blossem Auge wie Felsen sich hoch- und übereinanderschieben und Bergspitzen verschmelzen. Überall schiessen neue Vulkane in die Höhe und ein Steinregen wird auf das Haus zugeschleudert.

Man muss sich schleunigst in Sicherheit bringen. Die ganze Erde ist in einen neuen konvulsiven Zyklus der Veränderung eingetreten. Die Tiere sind Teil davon, sie haben die neue Ordnung gespürt.

Der Junge wendet sich an die Frau, sie muss etwas tun, «sie kommen alle wegen dir!», sagt er. Wer ist diese Frau, die er nicht sehen kann? Ist sie ein Mensch oder eine Göttin der Tierwelt, wie seine Intuition ihm sagt? Unmöglich, es herauszufinden. In einem bestimmten Moment sagt sie einen Satz, und plötzlich verlassen die wilden Tiere alle die Veranda. Sie sammeln sich in der Ebene, Art für Art, bevor sie mit ohrenbetäubendem Lärm in einer Staubwolke Richtung Berge verschwinden.

Riesige Herden fliehen in rhythmischem Galopp und der Junge sieht die Skelette aller Tiere in der Bewegung, als wären sie durchsichtig. Die Elefanten rennen und im Lauf kann er den prähistorischen Knochenbau unter ihrer Haut erkennen.

Ihm wird klar, dass es sich dabei um tausende Tiere handelt, die durch alle Epochen hindurch vom Menschen getötet wurden. Obgleich die Tiere ungefährlich scheinen, ist der Eindruck ihrer Grösse und Stärke überwältigend, nur aufgrund ihrer massiven Präsenz.

Sind sie gekommen, um für ihre Art Rechenschaft zu fordern? Kommen sie, um Abschied zu nehmen, bevor sie wieder unter der Erde verschwinden? Oder ist das vielleicht einfach das Ende der Welt?

Recherche 19

Im Café Coquoz redet der Vater mit dem Jungen über die Männer im Dorf.

Zwei oder drei machten eine kleine Baufirma zusammen auf, von früh bis spät haben sie auf dem Bau gearbeitet, auch samstags, aber zählen konnten sie nicht, sie vergassen, ihre Rechnungen zu schreiben.

Bis sie am Ende, sagt der Vater, «am Arsch waren».

Zahlungsaufschub, Pleite, Pfändung, die Litanei schmachvoller Wörter ... Im Tagesanzeiger konnten alle die seltsame Erfolgsbilanz nachlesen und insgeheim grinsen. Pleite gehen: ein Stück Männlichkeit verlieren.

Von einem finanziell gut aufgestellten Mann sagt man auf Französisch, er hätte *les reins solides,* «solide Leisten» ...

Auf halber Strecke zwischen Kirche und Hölle gab es die kleinen Gauner. Gefürchtet? Beneidet? Ironischerweise bewundert? Der, den sie den «Baron» nannten, sekundiert von seinem Sohn, dem «Barönchen», trug immer Smoking und hatte gegelte Haare und einen weissen Mercedes vor der Tür. Er konnte jeden in die Tasche stecken. Alle waren auf der Hut, um sich nicht übers Ohr hauen zu lassen.

Er tippte mit der Schreibmaschine im Nachhinein schlammige Klauseln und scheele Einschränkungen in weisse Zeilen auf bereits unterzeichneten Verträgen.

Als Firmenangestellter öffnete er die Briefumschläge einzeln mit dem Bügeleisen, um die Zahlencodes der Banküberweisungen zu ändern. Das Geld ging auf sein Konto. Und der Baron, der stolzierte auf der einzigen Strasse des Dorfes auf und ab.

Ein anderer Spezialist stellte Zuckersäcke zu 48 Kilo her, um sie zum Preis von 50 zu verkaufen. Genauso mit Milch und Fleisch. Er hatte zwei Sekretärinnen, hübsche Blondinen. Der Vater fügt an: «Am Montag bestieg er die eine, am Dienstag die andere, damit es keine Szene gab.»

Anscheinend will sein Erzeuger heute Morgen seine *Memoiren* diktieren. Er bestellt noch zwei Gläser *Vin Jaune.*

Wenn der Junge sich als Kind in der Messe langweilte, entzifferte er auf dem Kirchenfenster die Inschrift:

VATER, NIMM DIESEN KELCH VON MIR ...

Roman 19

Ein paar Wochen später kommt Lorna eines Nachmittags zurück und verkündet wildentschlossen und ungeduldig *«Ich habe zwei Stunden»* und setzt sich rittlings auf einen Stuhl.

Inspiziert mit ihrem Blick die Wohnung. Sie trägt eine Lederjacke, sie hat diesmal einen Kurzhaarschnitt, fast punkig, denkt der Junge, gar nicht mehr Notarsfrau, eher in die Richtung neue Revoluzzerin oder rebellischer Teenie von früher. Er bewundert ihren bockigen Blick, die stumme Forderung, die von ihr ausgeht.

«Weisst du noch, um was ich dich einmal gebeten habe, ich mag es, mit gefesselten Händen zu kommen, es ist intensiver.»

Sie sagt das vollkommen natürlich, ganz ohne Verlegenheit, eher mit einer technischen Präzision. Also keine Gefühlsduseleien heute! Er zieht seinen Gürtel aus, dessen Schnalle metallisch klappert, und bindet ihr ohne ein weiteres Wort die Hände am Stuhl fest. Von der Fessel überrascht drückt sie reflexartig den Rücken durch, wirkt beglückt. Er fährt mit der Hand unter ihren Pulli, streichelt die warmen Brustwarzen, die unter seinen Fingern hart werden, feuchtet sie mit Spucke an, um sie sanft zu kneifen und zu massieren. Lornas Atem geht langsam.

Der Junge stellt sich einen wohlgesinnten Staat vor, in dem es Zärtlichkeit für alle gäbe. Die soziale Forderung würde auf ein «Recht auf Streicheleinheiten» abzielen. In den Städten entstünden öffentliche Streichelzentren. Jeder Bürger, unabhängig von seinem sozialen Stand, würde dort die körperliche Aufmerksamkeit bekommen, die er zum Weiterleben brauchte. Um weiter auszuhalten. Die Streichelbeauftragten würden auf freiwilliger Basis arbeiten und sich abwechseln. Wen das Gestreicheltwerden wiederbelebt hätte, würde anschliessend selbst streicheln wollen. Denn wie die Worte gehören die Streicheleinheiten zu den seltenen Gütern, die mehr werden, wenn man sie weitergibt. Die Bürger würden ihr jeweiliges Pensum an Streicheleinheiten einfordern.

Seit fünfzig Jahren stopfen wir uns mit Essen und Bildern voll. Die Körper der anderen sind tabu. Auf der Strasse geht man aneinander vorbei, man wagt kaum, die Augen zu heben. Abends sind die Strassen voll mit Leuten, die auf ihre Handys starren, die Gesichter gebadet in einem nuklearisch kühlen Licht wie eiskaltes Wasser … Auf ihre neuen Messbücher konzentrierte Betende nicken rhythmisch den Kopf wie die Mystiker. Sie beten zum Netz, dass es sie in der Welt leiten möge. Aber eine Landschaft und Menschen zum Küssen gibt es für sie keine mehr.
Die Strasse birgt kaum noch Worte, die die Schwelle der Höflichkeit oder eines Verkaufsgesprächs überschreiten. Sie ist nur mehr Übergang, der kurze Weg von der Wohn- zur Autoblase.

Die Nähe anderer Körper ist zu abgründig und gedrängt geworden, sie wirkt gefährlich. Ihre Intimität leben heutzutage alle auf Distanz, Smartphones oder Tablets piepsen, das Selbstgespräch wahnsinniger Fussgänger und die elektronische Hintergrundmusik im Bus …

Recherche 20

Es ist unmöglich, mir ein klares Bild zu machen, wer dieser Junge gewesen ist. Ich sehe ihn sozusagen zerstückelt in unchronologischen Einzelteilen. Zu dem, der er mit acht, zwölf oder achtzehn Jahren war, habe ich keinen Zugang. Handelt es sich wirklich um ein- und dieselbe Person? Oder um mehrere Wesen, die Summe aller Rollen, die er zu Hause, in der Schule und auf der Strasse spielt, wenn er eine Maske aufsetzt, immer eine andere für jede Szene, für jeden Bedarf? Kurz, eine Art Gruppe ganz für sich allein.

Kein sich harmonisch entwickelndes Wesen, das Gewissheit hat über die einzigartige Stimmigkeit, die in ihm ruht, das Märchen für die ganze Familie, alles an seinem Platz, eine Folge von einschneidenden Ereignissen wie im Fotoalbum – Taufe, erste Kommunion, Schulabschluss, Militärdienst, Geburtstage ... Die Fotos sind die Maskerade, die dafür verantwortlich ist. Ich habe den schweren Verdacht, diese Geschichte wird von aussen geschrieben.

Die Zeit erscheint mir immer weniger wie ein einheitlicher Teig, in dem wir alle gefangen sind und mitgezogen werden (insofern ist das elegante Bild eines Flusses falsch), sondern wie eine Anhäufung verschiedener Zustände, ähnlich wie diese Grundstücke über mehrere Etagen, die man in den Weinbergen sieht, unendlich viele von Mauern abgetrennte kleine Parzellen unterschiedlicher Höhe, wie Blätterteig …

In jedem Moment unseres Lebens überlappt sich alles. Die Ideen, die ihn im Alter von acht Jahren beeinflusst haben, waren bereits alt: Die Prinzipien seines Vaters stammten von 1940; seine Mutter lebte wie eine Frau vor 1945; sein Onkel glaubte an eine Wissenschaft der 1980er Jahre und seine Tante betete wie vor 1965 …

Roman 20

Eine alte Angst hält den Jungen umklammert und lässt ihn nicht los. Fällt nachts über ihn her. Plötzlich bersten die Träume hervor, eine dunkle Flut, Blut, die Mutter und nahestehende Tote. Er glaubt, zu schreien, wacht auf, wenn er auf das Kopfkissen einschlägt wie auf einen Angreifer … Er kaut sich die Haut von den Fingern, fürchtet das Hereinbrechen der Nacht. Erbarmungswürdig fleht er bei den Frauen um Hilfe. *Sie allein können den Teufel vertreiben,* schreibt er in seinem Heft.

Der Junge macht Sport, um die Dämonen zu verjagen. Er versucht sich an einem Gebet, kommt aber nicht weit, findet keinen Schluss.

Er sieht am Computer seine Nachrichten durch, aber überall nur Werbung: *«Clever klicken, 1 Million gewinnen!»*, dann *«Beerdigung mit Weitblick. Denken Sie jetzt dran!»*, dann *«Für Sex ums Eck, ruf mich an!»* Wie Fliegen versucht er die Sätze zu verjagen, öffnet mechanisch seine Emails. Stolpert dazwischen über eine Werbemail:

«Mamadou, grosser Voodoozauberer, repariert ihren PC mittels Telepathie. Kuriert Krebs auf Distanz. Bezahlung bei Erfolg.»

Der Junge sucht nach Erlösung. Er liest eine Anzeige, unterschrieben mit «Lidiane G.» Sie organisiert Seminare:

IHRE DNA DURCH GESANG AKTIVIEREN®
und
IHREN SOLARKÖRPER AKTIVIEREN®

sind auf die neuen Frequenzen Gaias abgestimmte Methoden zur Persönlichkeitsentwicklung.
Sing mit und werde Co-Gründer des DNA-Chors!

Wenn wir die DNA ansingen, geben wir ihr «Quantenanweisungen», die bis in die Zellstruktur reichen und das Feld der DNA da aktivieren, wo das Bewusstsein sitzt. Mit dieser Methode, bei der du mit deinen Zellen kommunizierst, kannst du deine Wirklichkeit völlig verändern!

Eines Abends bekommt der Junge eine Nachricht von einem Medium, Leo:

LEO ENERGETIKER VIBRATOLOGE TEL. *********
BERATUNG 1 EURO PRO MINUTE.

Mittwoch, den 1. August

Wie der Schriftsteller Montseigneur Félix-Antoine Savard sagte: «Ich habe viel Besseres zu tun, als mich um die Zukunft zu sorgen, ich muss sie vorbereiten.»

Ausgehend von diesem Postulat habe ich mir erlaubt, nachzusehen, wo Sie stehen.

Ich weiss, dass Sie derzeit in Ihrer persönlichen Situation nicht vorankommen. Ich sehe bei Ihnen eine energetische Blockade.

Sie sind zerstreut und dadurch kommen alle negativen Energien wieder an die Oberfläche.

Zum neuen Jahr wird es an Ihnen sein, sich zu entscheiden, ob sie Ihrer Beziehung Aufschwung geben wollen oder ob Sie hinnehmen, dass sie sich in einer gleitenden Abwärtsspirale befinden. Richtig, gleitend, aber nicht so, wie Sie es sich wünschen würden …

Ich biete Ihnen meine Hilfe an, denn ich kann Ihnen nicht nur zeigen, was Ihnen alles passieren wird, sondern werde Sie auch neu energetisieren. Diese wesentlichen Entscheidungen und Blockaden werden bald der Vergangenheit angehören.

Das weiss ich, weil ich zwei Karten gezogen habe: die Liebenden und das Rad des Schicksals.

Sie müssen jetzt wirklich etwas für sich tun.

Sie sind das Fundament meiner Vorhersehung. Wenn Sie mit mir gesprochen haben, wird Ihnen vieles klar werden.

Ich bin der Schöpfer einer revolutionären Methode, die auf der Zirkulation positiver und negativer Energien beruht.

Ich kann Ihnen Erfolg versprechen, da ich kein Betrüger bin. Ich bin ein integres Medium.

All das geschieht in einer Zeit der Zirkulation, der Datenströme, unterwegs im Netz gefangen. Mit den Maschinen allein.

Neue Produkte, neue Bedürfnisse, Import-Export von Träumen. Wenn man kann, tausend Dinge kaufen, die einen erfüllen oder aushöhlen … Unsere staunenden Augen vor den Regalen der Kaufhäuser. Irgendwo zwischen Gier und Schrecken …

Oft sind die Leute in sich zusammengekauert und erschöpft, sie brauchen die Sprache wie eine Pflanze Wasser braucht … Sie wollen sich von allen bösen Gedanken befreien, die sich in Gärung befinden … Und sie wollen, dass man ihnen etwas sagt, lange, etwas, das sie sanft wiegt, bis sie zur Ruhe kommen … Sie rufen an und fordern ihr Pensum Worte, sie wollen darin eintauchen können.

Sie zögern, stehen am Abgrund des Felsens, sie werden anfangen zu denken …

Recherche 21

Manchmal versuche ich, mit dem Zwölf- oder Dreizehnjährigen auf dem Weg zur katholischen Schule (wo er zum ersten Mal hingeht) in Verbindung zu treten. Er geht nicht nach Hause zum Mittagessen, er ist im Speisesaal eingetragen, den ein Mönch führt. Er steht auf für das Gebet zum Unterrichtsbeginn und er weint am Sonntagabend; er liebt die Schule und fürchtet sie gleichzeitig, den farblosen Ernst der Lehrer, die unbarmherzige Glocke für die Zuspätkommer, die Hefte mit den Absenzen und Strafen.

Ich sehe ihn von weitem, ein zu früh gross gewordenes, schlaksiges, melancholisches Kind; er will schnell wieder heim ins Dorf, in den Schoss seiner Tanten; er ist ängstlich, eingeschüchtert vom Lehrer für technisches Zeichnen und von der Bedienung des Kompasses; er ist zu unbeholfen, um mit den Mädchen zu sprechen; er wird von einem Schulkameraden tyrannisiert, dem es Spass macht, sein Fahrrad zu verstecken oder ihn wegen seiner unmodischen Kleidung zu hänseln.

Ich habe das Gefühl, es gibt dieses zwölfjährige Kind nicht mehr, vielleicht nur noch im hintersten Winkel von mir, von wo aus es seinem Gastgeber manchmal kodierte Botschaften in Form von Angst schickt.

Bis ins Erwachsenenalter hinein glaubte der Junge, das Herz würde wie das Pendel einer Wanduhr von rechts nach links schlagen. Mit der Regelmässigkeit einer Feder. Er dachte, dass in seiner Brust ein unerbittlicher Uhrenmechanismus eingebaut wäre (dessen Geheimnis sein Land seit Jahrhunderten bewahrte), der Nacht und Tag im immer gleichen, gleichgültigen Rhythmus schlug.

Er verfügte über kein anderes Bild für das, was in seiner Brust verborgen lag. Unvorstellbar die Kugel aus Muskeln, die sich von elektrischen Impulsen und Gewittern durchzogen wie eine Faust zusammenballt, lebendiges Fleisch, das das gereinigte Blut heranpumpt und verteilt.

In ihm gab es keine schleimigen und glänzenden Organe, sondern einfache Mechanismen.

Roman 21

Im Heft des Jungen:

Die Berufe, in denen man mit dem Körper Geld verdient, Bau- und Reinigungsfirmen, Prostitution und Fliessband, Radsport und Boxen, alles Berufe präzise ausgeführter, personifizierter Gesten, identisch von Land zu Land, um nicht zu sagen über die Grenzen hinweg (wie diese Schauspielerin, die unter der Nazi-Besatzung angab, sie hätte ein französisches Herz, aber ein internationales Hinterteil), sind der eigentliche Sockel der Gesellschaft. Warum sagt das nie jemand? Vielleicht aus Angst vor einem Aufstand … Sogar der Grossbürger Proust wusste das:

«Der Speisesaal des Grand-Hôtel de Balbec wurde wie zu einem riesigen, wundersamen Aquarium, vor dessen gläserner Wand sich die arbeitende Bevölkerung von Balbec, die Fischer und auch die Kleinbürgerfamilien, unsichtbar im Dunkel an die Scheiben drückte, um das langsam von den goldenen Strömen gewiegte Luxusleben dieser Leute zu betrachten, das für die Armen ebenso fremdartig war wie exotische Fische oder Mollusken (eine bedeutende soziale Frage, ob die gläserne Wand auf Dauer das Gelage der wundersamen Bestien schützen wird und ob nicht die Schattengestalten, die

gierig in der Nacht zuschauen, kommen werden, um sie in ihrem Aquarium einzufangen und aufzuessen).»

Boxer

«Die andern sind die Wirklichkeit
Und du bist eine Fiktion»
Das hat dir der Spiegel gesagt
bei Tagesanbruch
In jenem Moment
hättest du ihn gern
zerschlagen
Aber selbst
die Finger voll Blut
Boxer
würden nicht reichen
um zu beweisen
dass du existierst.

Recherche 22

Vor allem hat man ihm beigebracht, ein *guter* Junge zu sein. Auf die schlechten wird mit dem Finger gezeigt. Der eine arbeitet auf dem Schrottplatz, seine Familie ist durch die Autoverschrottung reich geworden. Mit achtzehn gehört ihm ein roter Rennwagen mit aufgemalten Flammen auf der Karosserie, Auspuffrohren an den Seiten. Er klappert die Dorffeste ab, lässt die Mädchen ins Auto einsteigen, wo er sie in Hochgeschwindigkeit betrunken macht. Gibt damit an, eine Art Minibar im Auto zu haben. Alles aus rotem Samt und im Seitenfach der Fahrertür ein Lederetui mit Revolver.

Der Typ mit dem Auto hat *Mad Max* gesehen und träumt von der Ölkrise, von Schlägereien um Sprit und Autorennen durch die Wüste, sagt sich der Junge.

Er zweifelt und sucht nach Rat. Hat sich nun bei einem zweitägigen Workshop eingeschrieben, Thema «Wie wird man ein Mann?» Im Seminarraum eines Hotels findet sich eine Gruppe von Männern mit angeknackstem Selbstbewusstsein ein. Gegen die anfängliche Peinlichkeit fordert der Coach die Runde auf, sich einen bunten Ball zuzuwerfen, und hopp, und dabei ihre Namen zu sagen. Um sich kennenzulernen, um das Eis zu brechen, als Einstieg in den Workshop, bei dem sich jeder der Gruppe anvertrauen soll. Gewissenhaft schreibt der Junge alles mit, was gesagt wird. Der Coach beginnt so:

> *Ob Ihr es wollt oder nicht, es braucht mehr als ein Paar* «cojones»*, um ein Mann zu sein. Jede Kultur hat ihre Rituale, um diese Veränderung symbolisch zu kennzeichnen. Es gibt nicht nur eine Art und Weise, um männlich zu sein, aber es gibt gewisse Charakterzüge, die man traditionell Männern zuordnet.*

Roman 22

Ratschlag

Wenn du heimkommst ins Dorf
Jahre später
Mit dem Mercedes
Fünf Komma acht Liter
Leichtmetallfelgen
(In Gold)
Glaub mir
Fahr langsam
Halt den Tiger
Im Zaum
Und lass den Arm
Aus dem Fenster
Hängen
Wie beiläufig
Weiter wird man ihm nichts
Zugestehen
Dem, der die Dinge
Mit Worten benannt hat
Und alle erzählen bereits
Dass du da warst
Schon kursiert
Die Geschichte deines Erfolgs
Und deines Falls.

Recherche 23

Die Notizen des Jungen aus dem Workshop:

Workshop Session 1: Liebe

1. Hört auf euren «inneren Gentleman».

- *Haltet eurer Gefährtin die Tür auf; sagt bitte und danke.*
- *Echte Männer teilen sich die Hausarbeit mit ihrer Gefährtin, auch wenn es ihnen keinen Spass macht.*
- *Lernt, mit Gelassenheit zu verlieren. Dem Konkurrenzdenken der Männer muss man zuweilen Einhalt bieten.*

2. Seid nicht überheblich. *Männer rühmen sich gern lautstark ihrer Eroberungen. Glaubt aber nicht, dass ihr etwas ungeschehen machen könnt, wenn ihr niemandem davon erzählt. Jedes noch so kleine Geständnis einem Freund gegenüber lässt euch als Casanova dastehen, auch wenn das gar nicht stimmt.*

3. Nehmt euch Zeit in der Liebe. *Echte Männer überstürzen nichts, um eine Frau nicht in eine unangenehme Situation zu bringen. Sie wissen, dass in der Liebe die Frau diejenige ist, die den Rhythmus vorgibt.*

*4. **Lernt geheimnisvoll zu bleiben.** Frauen finden geheimnisvolle oder nachdenklich wirkende Männer unwiderstehlich. Das heisst nicht, dass man den verschwiegenen Brutalo spielen muss, im Gegenteil.*

Roman 23

Wieder mal in seinem Heft, ein paar wilde Textfragmente, Spielereien, die der Junge über alles liebt:

Bei den Geburtstagen früher spielten alle versammelten Cousins eine Partie Traclette. Wir tranken Klaps in Schräpfchen und verzierten ohne zu munkeln unsere Nierchen in Schose. Die Mütter verberisierten uns sanft für unsere Lamentaden. Sie warfen einen fönen, komplastischen Blick auf ihre Pnut. Brave Mütterchen, tapfere Bezeugerinnen! Aber wenn dann der Vater mit wildem Ponokel hereinstolperte, war er prompt davor, uns den Hintern zu besohlen. Nichtsrotze! Frachse! Bastkerle! Wir erlabten uns eine monzige Ausnahme. Ohne Effekte. Am Ende gab es ein paar kleinere nekromanische Fallaskeln.

Oh, wie benehlig damals alles war, glückliche Zeit der Mauler und Knöpse!

Hohes Alter

Der Vater ist
(Mit der Zeit)
Eine Art Götzenbild geworden
Pergamenten

Undurchdringlich
Wacht er über die erschaffene Welt
Durch den bleichen Bildschirm
Hindurch

Mit buddhistischer
Gleichgültigkeit
Vor der Werbung
Für Frischkäse
Oder Unterwäsche
Und plötzlich in Wut
Bei den Nachrichten
– Er weiss doch
Wie man sie stoppt
Die Terroristen! –

Halbgott
Ohne Gottesdienst mehr
Zurückgefallen in
Seine träge Erstarrung
Empyreum oder Friedhof

Gibt es ihn noch
Den
Auf dessen Gebote
Niemand mehr hört?

Recherche 24

Workshop Session 2: Identität

1. Zweifelt nicht an eurer männlichen Identität. *Akzeptiert, dass es mehrere Arten gibt, ein Mann zu sein. Ein Mechaniker mit schwarzer Schmiere an den Händen ist ein echter Mann. Ein Dichter, der Verlaine verehrt, oder ein Stylist, der eine Leidenschaft für Stoffe hat, sind genauso echte Männer.*

2. Lernt Fehler einzugestehen und euch zu entschuldigen. *Irren ist menschlich. Selbstbewusste Männer sind in der Lage, ihre Schwächen und Fehler zuzugeben.*

3. Handelt überlegt. *Ein Verhaltenskodex für echte Männer:*

- *Die Ex eines Freundes umwirbt man nicht, ohne sein Einverständnis eingeholt zu haben. Die Schwester eines Freundes macht man nicht plump an, wenn man nicht vorhat, sie zu heiraten.*
- *Lernt, mit anderen zu teilen. Diese Regel gilt nicht unbedingt für Autos, Glücksbringer und Frauen.*
- *Sprecht auf einer öffentlichen Toilette keinen anderen Mann an. Es ist nicht empfehlenswert, sich für*

das Pissoir neben jemandem zu entscheiden, wenn noch andere frei sind.

- *Hat man euch als Kind beigebracht, Homosexuelle abzulehnen? Man ist nicht homosexuell, weil man anzieht, was einem gefällt, weil man Blumen mag oder über Gefühle sprechen kann. Tritt ein Mann als Homophober auf, ist das kein Zeichen von Mut, sondern von labiler Identität.*

4. Verdrängt eure Gefühle nicht. *Seid ihr dazu erzogen worden, Tränen zu unterdrücken und euch nie verletzbar zu zeigen? Gefühle, die ihr verdrängt, werden nur stärker und euch irgendwann Probleme bereiten.*

Roman 24

Kassen

O grosser Coop!
Im Traum
Ging ich
Mehrmals im Monat hin
Das Weizenbrot
Hatte immer
Die Form
Einer Sonne
Und die Kassiererinnen
– jede hat ein Kreuz
Auf dem Friedhof -
Riefen mich bei meinem Namen
Mit ihrem freundlichen Lächeln
Die Gänge
Waren ein Labyrinth
Wo meine Wünsche
Sich verloren
Könnte ich
Noch
Ein Wassereis
Bekommen
Für diese veraltete
Währung?

Recherche 25

Workshop Session 3: Dein Körper

1. ***Körperpflege.*** *Sogar Tiere waschen sich.*

- *Bedient nicht das frivole Bild des eitlen Mannes ohne die geringste Unebenheit, das die Luxusindustrie, das Kino und die Werbung uns aufdrücken. Findet euren eigenen Weg als Mann.*
- *Badet oder duscht nur, wenn es nötig ist und nicht unbedingt jeden Tag wie die Frauen.*

2. ***Kleidung.*** *Achtet auf euer Aussehen, aber übertreibt es nicht. Enge Hosen sind zwar in Mode, aber vermeidet zu feminine Kleidung.*

3. ***Vorsicht mit Rauschmitteln.*** *Ein echter Mann kann gute Dinge geniessen, ohne sich betäuben zu müssen.*

Zwei allgemeine Ratschläge zum Abschluss:

1. Um die Eigenschaften zu entwickeln, die einen Mann vom Jungen unterscheiden, braucht es Jahre. Bleibt am Ball.
2. Vielleicht wollt ihr nicht heiraten, das ist eure Entscheidung; die Ehe ist jedenfalls keine Voraussetzung, um ein Mann zu sein.

Roman 25

In seinem Traum steigt der Junge aus einem dunklen Tal sehr hoch hinauf in die Berge, zu einem lichten Plateau, wo man ein Dorf gegründet hat. Seltsamerweise weit oberhalb der Baumgrenze. Im Frühling schmilzt der Schnee in breiten Rinnen, man muss die Skier schultern und ein ganzes Stück einen lärchennadelbedeckten Weg entlanggehen. Nach und nach riecht es wieder stärker nach Wald, nach Blättern, kaltem Moos und dem nassen Fell der Füchse. Er muss durch mehrere Schluchten, wo das Eis alles hatte erstarren lassen und sich einen Weg freihauen. Dann muss er sich unter dickem Firnschnee vorankämpfen. Er ist sehr müde, macht oft Pausen. Das Dorf scheint nah und gleichzeitig unzugänglich. Je weiter er geht, desto mehr rückt das Ziel ausser Reichweite. Ganz plötzlich steht er dann auf dem Dorfplatz in der Sonne, stellt die Skier ab und geht zwischen den Häusern umher.

In einem Café sieht er alle, die er früher gekannt hat, unten. Die schon sehr lange tot sind. Sie sitzen ungezwungen bei einem Glas Wein beieinander. Der Korbverkäufer Kautschuk macht eine Akrobatennummer, um Kundschaft anzuziehen. Bourbaki, ein armer Irrer. Enoch und Sylvie, seine Schwester. Salatina und Pflanzi, Bauern, die zum Leben nur ihr Stück Garten hatten.

Paul, ein reicher Schweinehändler, «der seinen ganzen Hof versoffen hat». Man sieht seinen kolossalen Schlund, mit einem Schluck stürzt er das ganze Glas Wein hinunter. Sein Arzt hat bei jedem Besuch mit ihm über das Trinken geredet. Er wollte wissen, welche Mengen er konsumierte.

«Du musst dir doch ein Limit setzen, oder, Paul? Wieviel brauchst du im Moment, sag? Zwei Liter? Oder drei?»

«Drei Liter, das ist wohl ein Witz, Doktor! Was soll ich dann am Nachmittag trinken?»

Paulemaule beackerte immer zwei Maisfelder. Er läuft ziellos von Tisch zu Tisch, redet mit allen und niemandem und spult in halbechter Wut immer die gleiche Schimpftirade ab:

«Botsch, du elende Esel, Jammerer, Laväri, Lotteri, Quadratsploderi, Schnuri, Hippie du, Fixer, du langhaarige Person, du junges Schwein!»

In einer Ecke des Cafés wird eine Art Versammlung abgehalten. Eine sehr alte Frau am Tischende führt den Vorsitz. Man spricht über Revolutionäre, über Leute, die sich für die Sache geopfert haben. Die Frau hat lange graue Haare, die ihr offen über die Schultern fallen. Sie singt eine Werbehymne auf das Land:

Mit Schweizer Schweiss
rutschts und flutschts
alles glatt und platt …

Fast unanständig wirkt ihre graue Mähne, die sie den Blicken aller aussetzt. Jetzt artikuliert sie überdeutlich: «Die Seel kann nicht sterben! Nein, Diesel kann nicht sterben.

Haben sie geglaubt, uns zu begraben, so wussten sie's nicht, dass wir Treibstoff waren …»

Paulemaule startet in eine neue Runde:

«Botsch, du elende Esel, Jammerer, Laväri, Lotteri, Quadratsploderi, Schnuri, Hippie du, Fixer, du langhaarige Person, du junges Schwein!»

Direkt am Platz ist die Werkstatt des Mechanikers Roland. Er, der unten nicht mehr laufen konnte, sieht hier kerngesund aus, sein freundliches rosa Gesicht, die blaue Latzhose. Roland repariert Kinderfahrräder, einen Panzer, Schubkarren. Er schmiert, kontrolliert, konsolidiert …

Der Junge fragt sich, warum es ihn solche Mühe gekostet hat, das Dorf zu erreichen, wo doch alles hier langsam wirkt und ruhig, fast glücklich. Schweissnass trotzte er dem Wald und den Lawinenschluchten, die Glieder schwer vor Angst und Schmerz. Er grüsst und grüsst, aber die anderen sehen ihn scheinbar nicht und gehen weiter ihren Beschäftigungen nach.

Nur Agathe und Fracasse (blass und schön wie eh und je!) kommen Händchen haltend dicht an ihm vorbei und raunen ihm zu:

«Du bist also wieder da, Junge, mit deinem Mädchenherz?»

«Bei den Indianern gibt es auch Frauen mit Männerherz …»

«…»

Dem Jungen brummt der Kopf, wie wenn einem vor Angst übel ist, weil er sich wieder an den Abstieg machen muss. Bitter enttäuscht geht er weg. Von weitem hört er Rolands Hammer, der Paulemaules Sprechgesang rhythmisch untermalt, wie ein Lied:

«Botsch, du elende Esel, Jammerer, Laväri, Lotteri, Quadratsploderi, Schnuri, Hippie du, Fixer, du langhaarige Person, du junges Schwein!»

Recherche 26

Der Junge beobachtet eine Gruppe junger Mütter mit Sportoutfits, die am See entlangläuft. Jede schiebt einen hypermodernen Kinderwagen vor sich her, *baby on board.* Angeleitet von einer Trainerin schwingen sie im Rhythmus die Hüften. Der Junge hebt sein Rad zur Seite, um das Regiment vorbeizulassen.

«Und weiter, Mädchen, locker bleiben und an die Haltung denken. Und eins, und zwei … Langsam wird's anstrengend … aber jetzt nicht aufhören … und eins, und zwei …»

Alle machen exakt dieselben Bewegungen, Tänzerinnen oder Soldatinnen. Die, die für das Heil der Körper verantwortlich ist, sportlicher Typ, solariumgebräunt, nicht unsexy, kennt keine Zweifel. Sie diktiert die Bewegungen, klatscht wie auf Musik, aber es gibt keine Musik, oder vielleicht nur in ihren Kopfhörern? (Den Jungen haben sie nicht einmal bemerkt). Jedes Mal, wenn sie in die Hände klatscht, was unerwidert bleibt, formen die Arme der Trainerin eine Klammer.

«Und weiter, Mädchen, und eins, und zwei, an die Haltung denken, eins, und zwei …»

Die Trainerin erinnert sich wahrscheinlich an die Gesundheitsratschläge von Jane Fonda (die sich ganz früher mal gegen den Krieg in Vietnam geäussert hatte) und an Véronique und Davina ein paar Jahre später, die zwei im Käfig des Fernsehers tanzenden Gymnastinnen. *Aerobic* für alle boten die beiden an, die Leute sollten verdammt noch mal *in die Gänge kommen*, endlich würden sie abnehmen vor ihrer kleinen Mattscheibe. Der Sender erhoffte sich davon, die männlichen Zuschauer zur Zeit der Sonntagsmesse in angeregte Stimmung zu versetzen.

Das waren die 1980er Jahre: die obszönen *Macher*, das enthemmte Geld, die lächelnden Verkaufsgesichter. Europa stand kurz davor, den Wohlfahrtsstaat über Bord zu werfen. Eine Eiserne Lady und ein amerikanischer Präsidentenschauspieler grimassierten auf den Mattscheiben. Überall zeigten sie das Kautschukgesicht von Bernard Tapie.

«Und eins, und zwei, nicht die Spannung aus den Armen nehmen, wir sind ja hier, weil wir fit bleiben wollen …»

Die Allround-Kutschen sind mit geländegängigen Reifen ausgestattet, um künftigen Hindernissen zu trotzen. Denn das Leben ist ein Kampf, der Gewinner braucht, versichert uns die Mattscheibe.

Die Babys in ihren Cockpits scheinen sich von den Anweisungen der Trainerin wiegen zu lassen, aber plötzlich fängt eines schrill an zu schreien. Es hat vielleicht Hunger oder einfach die Nase voll von dem ständigen Herumgeschiebe in alle Richtungen, von den abrupt abgebremsten Sprints.

Die Mutter bedauert die Störung, man sieht ihr an, wie unangenehm es ihr ist, die Gruppe zu bremsen. Sie nimmt das Kleine hoch, besteht darauf, dass es aufhört zu weinen. Sie schüttelt es jetzt ein bisschen …

«Und weiter, Mädchen, eins, und zwei, im Rhythmus bleiben! Ein Baby haben heisst nicht, dass man die Spannung verlieren kann! Taff bleiben, Mädchen, ja, es ist ein täglicher Kampf … Sonst gewinnt am Ende die Schlaffheit … Und weiter, Mädchen, eins, und zwei!»

Roman 26

Sogar in die Handlungen, die man zum Festpreis aussuchen kann, legt er so etwas wie Liebe. Eine unpersönliche Liebe sozusagen. Für die Lebenden und ihr Leid, ihre tragikomischen Bedürfnisse, ihre enttäuschten Erwartungen, die traurigen Kulissen der Existenz …

Andere geben sich nicht hin, sondern behalten ihren Körper für sich, als handelte es sich um ein wertvolles Kunstwerk, lethargisch und fötenhaft, Saatkorn oder Kiesel, sie halten ihn auf Vorrat, als müssten sie niemals sterben. Als hätten sie alle Zeit, ihn zu gebären oder auszuspucken; das unvollständige, in sich gestülpte Ideal ist ihnen lieber als ein lebendiger, allzu realer Körper.

Eine Kundin argentinischer Herkunft hatte eine tätowierte Swastika auf ihrer linken Pobacke. Erst schreckte er zurück. Dann streichelte er das Hakenkreuz ohne Kommentar.

Selbst das elende Zeichen konnte ihre anrührende, sterbliche Haut nicht entstellen, die sie seinen Zärtlichkeiten aussetzte und dafür die Demütigung in Kauf nahm (wegen ihres Alters?) für das Gefühl, zahlen zu müssen, am Leben zu sein.

Der Junge träumt von einer seiner früheren Freundinnen. Sie kam nackt in einen Theatervorhang gehüllt zu ihm. Nach langer Abwesenheit war sie wieder da. Dass ihre Körper überall zueinanderfanden, an Türen gelehnt, in Autos, sogar auf Dächern, war lange her. Die Frau schien von oben bis unten in den immensen Fluss aus Samt eingewickelt, wie eine Opernsängerin, oder war es aus Scham? Sie ging auf ihn zu, ohne den Vorhang loszulassen. Er versuchte, sie zu erkennen. War sie es wirklich? Oder vielleicht ein Gespenst? Er sah ihre perfekten Brüste vor seinem inneren Auge, weiss und schwer und feingeädert wie Marmor, wie sie ihm in Erinnerung geblieben waren. Im Profil meinte er, ihre leicht vorstehende Oberlippe zu erkennen, zitternder kleiner Fleischvorsprung, den sie wie beiläufig mit der Zunge benetzte.

Was vom Begehren übrigbleibt ist eine schwärende Wunde.

Recherche 27

Der Junge hat nie verstanden, um was es bei dieser Männlichkeit ging, von der seine Klassenkameraden wie besessen waren. In unseren Tagen hat eine Partei eine sehr präzise Vorstellung davon. Ihre Hetzredner fordern männliche Lehrkräfte, Autorität im Unterricht.

Ich höre einen Sprecher der Bewegung im Radio, dem das politische Leben von Tag zu Tag ein wenig fader wird:

> *Die nationale Volkspartei ist das Testosteron der Rechten! Die herrschenden Werte von heute sind die Werte der Linken, und das sind vor allem weibliche Werte: Mitgefühl für die Schwachen, die auf die gleichen Vorteile Anrecht haben wie die Starken, und Diskriminierungsverbot. Maskuline Werte hingegen zielen auf Verantwortung des Einzelnen ab, auf Verdienst und mutigen Körpereinsatz.*

Roman 27

Aus dem Heft des Jungen, ein anderer Traum:

Vater brauchte eine Frau, wie er ein Glas Wein gebraucht hätte oder einen Schal. Er war schlecht darin, den Damen den Hof zu machen, er wandte sich in schroffem Ton an sie, respektvoll und genervt gleichzeitig, sie durften ihm nicht wiederstehen können, das konnte er nicht erlauben, er wollte damit nicht rechnen, er wusste es nicht anders, seine eigene Mutter hatte vor jedem Mann die Augen niedergeschlagen und einen Schritt rückwärts gemacht. Vater würde nie ein Märchenprinz, noch im Alter ein weisshaariger König werden. Niemand hätte je gewagt, gegen seine Jagdgewohnheiten etwas einzuwenden.

Und so fingen die Namen Rosabelle und Myrta an, in unserem leeren Haus herumzuschwirren.

Rosabelle und Myrta würden in Bälde auftauchen, Rosabelle und Myrta hätten schwere Koffer, Rosabelle und Myrta würden zwei Zimmer bekommen, Rosabelle und Myrta hätten keine Kinder, Rosabelle und Myrta gehörten Vater.

Anfang Mai, als die Blumen verstörte Blicke in die Runde warfen, wurden sie vorstellig. Sie hatten Geschenke für mich dabei, Süssigkeiten und Bleisoldaten, mussten sie den jungen Mann nicht erobern? Sie schenkten mir ein honigsüsses Lächeln, dann murmelten sie Rosenkränze. Ich musste lernen, ihre Grimassen zu lesen. Vater schonte mich ebenfalls: Was war zu tun, damit diese Fremden unter unserem Dach akzeptiert würden?

Rosabelle und Myrta machten Gesichter, Rosabelle und Myrta liessen ihre weissen Hände über meinen Hals wandern, Rosabelle und Myrta bezirzten mich mit ihrem laut herausplatzenden Lachen.

Unser Haus musste sehr fröhlich wirken, aber es war nur Theater. Und ich liebte vor allem die Kulissen. Ich belauschte Gespräche zwischen den beiden falschen Müttern, die die meine ersetzen sollten.

Nachts schlich ich umher und horchte an Türen, ich stellte mir die seltsamsten Kombinationen vor, die sie im Dunkel formierten, Duos, Trios und traurige Solos, jeden Abend variantenreicher und lauter. Alle Paarungsmöglichkeiten verletzten mich von da an, ich war einer Zukunft als Spalter geweiht. Ich vergrub mich wieder im Bett und sagte laut den Spruch, mit dem Mutter ihre Gute-Nacht-Geschichten beendet hatte:

«Sie trennten sich und hatten viele Liebhaber …»

Rosabelle und Myrta machten sich darüber lustig, dass ich zu klein war, Rosabelle und Myrta erwähnten Vaters erste Frau, Rosabelle und Myrta kannten jede List, um meine Gunst zu gewinnen.

Je mehr sie logen, desto mehr verspürte ich das eigenartige Bedürfnis, sie auszuspionieren, desto mehr träumte ich davon, nachts in ihr Zimmer zu schleichen und mir als zukünftiger Erbe mein Recht zu verschaffen. Wenn sie taten, als lächelten sie mich an, versetzten ihre Blutmünder mich in Furcht und Schrecken. Warum lag die grosse Gefahr, die ich ahnte, so dicht an der reinsten Freude?

Rosabelle und Myrta zogen dreimal am Tag ein anderes Kleid an, Rosabelle und Myrta erzählten nie von ihren Träumen, aber meine wollten sie ergründen, Rosabelle und Myrta hatten lange Beine, und heimlich wäre ich gern unter den Brückenbögen ihrer Schenkel durchgeschlüpft.

Es kam der Winter, der langsame Frost mit seinen endlosen Abenden. Dann, am ersten Tag im Fasching, kündigten die Stiefmütter einen Ball an, um die Langeweile zu vertreiben. Auf dem Plakat in der Küche stand nur:

Jeder wähle seine Maske! Heute Abend Ball im grossen Salon!

In Vaters Schränken fand ich seinen Jagdanzug. So angezogen, mit dem Gewehr über der Schulter, würde ich meine Chancen erhöhen, Rosabelle und Myrta zu beeindrucken. Sie mussten mir einen Tanz zugestehen, mussten ihren Kopf auf meine Schulter legen. Meine Art, mich zu bewegen, wäre männlich und brüsk. Nobel wäre mein Gang und meine Stimme endlich tief.

Zu besagter Stunde öffneten sich die Türen zum Grossen Salon. Noch keiner da, aber überall Spiegel an den Wänden. Brennende Kerzenleuchter am Boden. Zwei zitternde Hirschkühe mit schwarzen Augen und gleichmässigen Hörnern betraten den Saal Seite an Seite, Zwillinge, und beschnupperten den Eichenboden.

Musik. Musik. Musik. *Ich legte auf die beiden an und sprach mir leise Mut zu, wagte es jedoch nicht. Die verängstigten Tiere stoben auseinander. Als ich einen mir sehr ähnlichen Jungen mit weichen Schuhen, Kappe und Umhängetasche erblickte, der ganz hinten den Saal betrat, besann ich mich anders. Ich musterte das Kind, das die Züge eines älteren Mannes trug. Welch ein Narr im Vaterkostüm! Angesichts dieses hassenswerten Bildes aus der Kindheit legte ich erneut an, holte tief Luft und diesmal drückte ich ab.*

Stille. Stille. Stille. *Die beiden Hirschkühe standen wie versteinert vor einem Spiegel, wodurch es aussah, als wären sie vier.*

Es blieb diesem Stiefmütterpaar nichts übrig von ihrem Drecksgör! Ihr ganzes affektiertes Gehabe würde ihnen ab sofort nichts mehr nützen. Was mich anging, so hungerte mir nach ihnen nun mehr denn je.

Recherche 28

Jahre später ist der Junge in Kontakt mit einem Freund, der schockiert ist, als er erfährt, was sein Sohn, der ein Gymnasium des Hauptbischofssitzes besucht, im Unterricht lernt. Der Schüler weigert sich eines Tages, für eine Prüfung zu lernen. Er ist mit dem Unterrichtsstoff nicht einverstanden und redet mit seinen Eltern darüber. Worum ging es? Während einer Unterrichtsstunde in «Christlicher Religion» hat der Lehrer ein selbst erstelltes Blatt ohne Quellenangabe ausgeteilt, *Vergleichende Psychologie*:

MANN	FRAU
Bestimmung für das Handeln: Erobern – Begatten – Schöpferisch tätig sein (künstlerisch und intellektuell).	Bestimmung für das Leben: Empfängnis des Lebens, Fähigkeit es auszutragen und Leben zu geben.
Sinn für das Handeln in der Welt: liebt das Risiko – wünscht sich, der Nachwelt etwas zu hinterlassen.	Sinn für den Wert des Lebens: Sinn für Glück – Orientierung auf die Innenwelt – zieht die Sicherheit dem Risiko vor.
Organismus der Körperkraft: grosse Nutzleistung – feste Muskulatur – starke Lungentätigkeit.	Organismus der Rücklagen: fragiler Körper – wahrhaftig-sanfte Wiege des Lebens – schwache Lungentätigkeit.

Mann	Frau
Stärke, die ihn zu wiederholten und ausserordentlichen Anstrengungen befähigt: physische Stabilität.	Bemerkenswerte Stärke vor Prüfungen, grössere nervliche Anspannung: psychische Instabilität.
Will sich durchsetzen – will beschützen – hat das Bedürfnis, dass man ihm vertraut.	Will gefallen und für andere da sein – will sich an jemanden anlehnen – dürstet danach, gebraucht zu werden.
Lebt in einer Welt von Dingen, die es zu beherrschen, zu unterwerfen oder zu befehligen gilt, entweder durch Handeln oder durch Wissen.	Lebt in einer Welt von Personen, um die sie sich kümmert. Daraus rührt ihr Bedürfnis, wie eine Person behandelt zu werden.

Diesen als universal dargestellten Eigenschaften fügte der Lehrer eine Liste mit sich daraus ableitenden «Sünden» an. So könnte der Mann, seiner exzessiven Natur ausgeliefert, zum «Herrscher-Tyrannen» werden, «egoistisch», der «in allem nur nach seiner Unabhängigkeit» streben würde. Er würde «anderen mit Gewalt sein Gesetz aufzwingen», «sich bedienen lassen» und «seine Frau zu seiner freien Verfügung wollen». Warum? «Von klein auf gewohnt, von der Mutter bedient zu werden. Wird darüber fordernd.» Zur Frau ergänzte der Lehrer, «sie würde von ihrer Macht wissen und den Mann durch Sinne und Herz in Ketten legen, d. h. sein ein und alles sein wollen»: «Ihre Anlage, sich um andere zu kümmern wandelt sich dann in Eifersucht und Besitzgier» und so läge ihr Egoismus darin, «diejenigen mit Beschlag zu belegen, mit denen sie zusammenlebt.» «Ihr eitler Wunsch, zu gefallen» würde sie zur «launischen Verführerin» machen oder brächte sie dazu, «sich zum unverstandenen Opfer zu stilisieren».

Der Vater erklärt, dass die Schule, deren Direktor einen hohen Rang innerhalb der katholischen Partei bekleidet, bereits mehrere Skandale vertuschte. Erschüttert will er von der Schulleitung eine Erklärung fordern. Aber der junge Schüler fürchtet, Probleme zu bekommen. Mehrere Freunde, die er dazu befragt, sind angesichts dieses Unterrichts genauso perplex wie er.

Wie kann eine staatliche Schule solche Klischees verbreiten?

Es folgt eine zweite Tabelle, *Persönlichkeitsstruktur*, mit einer Liste von «praktischen Konsequenzen in verschiedenen Bereichen»:

Mann	Frau
Eher verschlossene Struktur.	Eher ganzheitliche Struktur.
Schubladenpsychologie	Wollknäuelpsychologie
Eher am Ganzen interessiert als an Einzelheiten.	Ist für alle Details empfänglich.
Mehr an der Tatsache interessiert als daran, wie über sie berichtet wird.	Empfindet es als sehr wichtig, wie Tatsachen präsentiert werden.
Muss sich daran gewöhnen, zu sprechen, an kleine Aufmerksamkeiten.	Muss sich an den Blick fürs Ganze gewöhnen.
Konzentriert sich auf einen Fakt, abstrahiert den Rest; männliche Objektivität. Logische Ableitung, fordert Beweise.	Bleibt mit dem Leben in Kontakt, mit der Realität. Verkettung von tiefsitzenden und stückweisen Intuitionen.

Roman 28

«Was ist denn los, Idola? Sie zahlen im Voraus und jetzt sitzen Sie da und blicken ins Leere …»

«Ich bin heute nicht deswegen da, ich habe auch anderes als Sex im Kopf, ich muss einfach mit jemandem reden. Es steckt mir im Hals wie ein Sturzbach in den Bergen, der übersprudelt, wie damals, als ich als Kind mit meinen Eltern sonntags zum Picknicken ging …»

«Ein Sturzbach ist aufmunternd, erfrischend. Es gibt eine Menge in dieser Gegend …»

«Ja, dieses Gefühl, das würde ich gerne wiederfinden, anstelle des faulen Wassers, in dem ich ertrinke.»

«Die Leute sind eigenartig, wenn man sie von Nahem betrachtet, fast rührend. Reden Sie weiter, Idola.»

«Ich weiss nicht, wo ich anfangen soll. Ich bin hier geboren, aber jetzt wird mir das Tal zu einem goldenen Gefängnis … Diese ganzen Leute, die so stolz auf ihr winziges Stück Land sind und auf die anderen herabsehen. Die, die wegen der Arbeit weg sind oder um zu reisen, wollen so schnell wie möglich wieder zurück und Wurzeln in der Erde schlagen, die sie begraben wird.»

«Sie haben Angst, vielleicht ist es ein Reflex.»

«Ein Klassenkamerad hat im Sommer mit seiner Frau Urlaub in Marokko gemacht. Er kam fit und braungebrannt wieder, strahlend übers ganze Gesicht. Ich habe ihn im Dorf getroffen, er freut sich immer, vom Urlaub zu erzählen, der Ausflug mit den Kamelen, ein Tee in der Wüste, das tolle Luxushotel mit Pool, Selbstbedienungsbuffet, abends Unterhaltungsprogramm, Bauchtanz und so was, und dann der Besuch auf dem Souk, vor allem der Gewürzmarkt, seine Frau war begeistert …»

«Klingt doch nach einem Traumurlaub?»

«Das ist noch nicht alles.»

«Erzählen sie, Idola, was ist?»

«Am Ende hat der Klassenkamerad zu mir gesagt: ‹Es ist alles super da unten, wir hatten eine tolle Zeit, das einzige Problem sind nur *die vielen Araber.*›»

Recherche 29

Der Junge hat also mit der Welt der Kindheit und der Mutter nicht gebrochen. (Ist es sehr schlimm, Doktor?)

Und was weiss ich schon davon? Ich versuche einfach, dieser Kreatur einen Sinn zu geben.
Dem Besessenen.

Die Worte und Gesten der Frauen, die ihn aufgezogen haben, reifen in ihm weiter, in seinen Träumen, in den Büchern, die er aussucht, um ihn in den Schlaf zu wiegen. Kleine Papierwürfel mit buntem Einband, die er an sich drückt wie einen Schatz und unter die Bettdecke mitnimmt, Steine eines Hauses für drei kleine Schweinchen, die Bücher werden seine Verteidigungsmauer, sie nähren und schützen ihn. Aus ihnen fliesst Sinn im Überfluss, breitet sich aus, deckt ihn sachte zu.

In der Liebe baut er sich ähnlich versatzstückhaft einen Hafen, wo unterm Bart die Kindheit durchscheint.

Das männliche Geschlecht besitzt zwar Macht über viele Dinge, aber die Männer sind in der Beweispflicht, ihr Status ist nie ein für alle Mal gesichert. Wenn man sich Männlichkeit aneignen kann, kann man sie auch wieder verlieren.

Unsichere Existenz.

(Er denkt an die Eltern, die Panik bekommen, wenn ihr Sohn sich als Mädchen verkleidet, sich die Haare wachsen lässt oder Tanzstunden nehmen will.)

Roman 29

«Du bist kein richtiger Mann!»

Das hat er oft gehört. Und die Worte kommen wieder, grausamer und gefährlicher als je zuvor.
Für die Zukunft hat er sich im Geiste gegen sie gewappnet.

«Du bist kein richtiger Mann!»

Wenn das geduldige Gerüst des Rechtes und der Institutionen, das Schmiermittel der Welt, unter den wütenden Rufen und dem Zur-Tat-Schreiten nachgegeben haben wird …

Wenn die rohe Gewalt zurückkommt, wie immer mit dieser wilden Freude auf den Gesichtern derjenigen, die sich ihr hingeben …

«Du bist kein richtiger Mann!»

In so einer Sprache zu leben heisst, sich zu jedem Zeitpunkt von Kugeln *durchsiebt* zu fühlen.

Dann lieber raus aus seinem Körper, das sinkende Schiff verlassen. Sich auflösen.

Ins Meer gehen …

Recherche 30

Immer wieder wird der Junge gefragt, ob er Kinder will. Er hört im Unterton mit, dass er durch die Vaterschaft (endlich!) Verantwortungsbewusstsein bekäme. Er ist der Frage überdrüssig. Damit Schluss ist, schreibt er eine Art Spoken-Word-Gedicht. Das er natürlich für sich behält, ohne es jemals vorzutragen.

MEINE KINDER?

Ja, ich habe überlegt, welche zu bekommen
Das ging jahrelang, wisst ihr
Das Für und Wider
Das Yin und Yang
All das.

Es gibt Freunde, die sagen einem
Kinder hin Kinder her
Du wirst schon sehen.
Ja, du wirst schon sehen,
Solange, bis man nicht mehr weiss, ist es der Rat eines Freundes
Oder eine Drohung.

Also habe ich mir den Kopf zerbrochen
Und alle Gefühlslagen durchlaufen
Ich kontaktierte mehrere Mütter
Beziehungsweise welche, die es werden wollten,
Und erhielt einige positive Antworten.
Sagen wir, es lag nur noch an mir.

Danach schob ich mein Urteil hinaus,
Habe Träume durchleuchtet,
Interviews mit Vätern geführt,
Und einer Frauenzeitschrift gehorcht:
Ich habe «auf mein Herz gehört».

Diesmal ist die Entscheidung gefällt.
Meine Kinder?
Die behalte ich lieber bei mir,
Die ganze Zeit.
(Er legt die Hände auf die Hoden)
Hier sind sie wenigstens in Sicherheit.
Papa passt auf sie auf!
Und sie haben es das ganze Jahr schön warm.
Und ich bilde eine vereinte Familie.

Nein, ich trenne mich niemals von ihnen.
Ich weiss, das ist schlecht, sagt nichts,
Werft den Vogel nicht zurück in den Himmel
Und lasst das Ei in der Pfanne!

Ich weiss, man muss die Kinder loslassen,
So sagen es einem die Experten.
Aber für alles gibt es Ausnahmen,
Das ist gut für die Regel!

Und überhaupt, Schluss mit den Sorgen,
Dass sie ihren eigenen Kopf haben,
Dass sie einen plötzlich wie ein Hund anbellen,
Dass sie in der Schule keinen Strich machen,
Dass man nicht weiss wo sie abends hinfahren,
Mit den Autos und ihrer ganzen Bande …
Und man sich fragt, was sie mal machen aus ihrem
Leben.

Schluss mit der Marter,
Meine Kinder bleiben immer bei mir,
Ich bilde eine vereinte Familie.

Bei uns sind Konflikte selten,
Nur selten schmollen wir uns an,
Jeder macht sein Ding, bei uns herrscht Toleranz.
Problematisch wäre eher die Fusion,
Die unterschiedslose …
Wie findet man trotzdem seinen Platz
Um man selbst zu sein?
Das alles eben …

Gut, die andere Hälfte der Kinder lebt
bei ihren Müttern,
In ihren wundersam verfügbaren Eierstöcken.
Ja, alle zusammen haben wir eine Art Innenleben,
Wir sind eben wirklich eine organische Familie.
Und ihre Mütter finden auch,
Dass es seine Vorteile hat,
Das geteilte Sorgerecht.
Ihr habt recht, es ist nicht unbedingt praktisch,

Wenn es um Entscheidungen geht.
Aber wir improvisieren,
Die Mütter besprechen sich untereinander,
Dann fragen sie die eine Hälfte der Kinder,
Und ich die andere.
Danach setzen wir uns hin
Und hören uns alle Meinungen an.
In einer Familie muss man sich Zeit
zum Reden nehmen.

Meine Kinder?
Sie sind hier,
Bei mir,
An allen Geburtstagen.
Ein Mann des Inneren sein!
Und eine vereinte Familie bilden.

Roman 30

Nach getaner Woche würde der Junge gern fliehen, vor der Blumenwohnung, vor dem Arbeitsbett, vor der Rolle, die er sich ausgesucht hat. Mit Skiern und Rucksack als Marschgepäck radelt er zum Zug, der das Tal durchschneidet. Kommt zu einer alten Frau in ein leeres Haus ohne Bewohner. Sie hat für ihn, der ein Bett für die Nacht mietet, eine Kräutersuppe gekocht. Sein Basiscamp. Die ganze Woche hat es viel geschneit, die Dächer biegen sich unter dem Eis. Die Alte legt ihm eine Scheibe Brot auf den Tellerrand:

«Was wollen Sie da oben, der Berg ist schlecht. Mit dieser Musik immer auf den Ohren, glauben Sie, die Welt wurde für Touristen gemacht?»

Er lächelt seine Wirtin ein wenig an. Er weiss, heute Abend wird sie trotz ihres Missmuts auf der Ziegenhaut knien, die sie seit ihrer Kindheit wie einen Schatz bewahrt, und für ihn beten. Noch vor Sonnenaufgang ist er lautlos auf seinen Skiern davongeglitten. Er hat da oben mit irgendetwas eine Verabredung …

Schon befindet er sich in einer Krone aus Gipfeln, fährt in den von Bergbächen ausgehöhlten Rinnen im Fels. Wie eine Ameise, die einen Kiesel erkundet, tastet er sich langsam mit seinen Fühler-Skistöcken vorwärts, die Windung eines kleinen Baches entlang den Berg hinauf, um eine Gletscherspalte herum, wo er das chemische Blau des Abgrunds ergründet, das intimste Innere des Gletschers. Diese Löcher, die Wanderer einsaugen und nach Hunderten von Jahren völlig intakt wieder ausspucken!

Ganz unten hört er die Gewässer den Stein auswaschen, die Kiesel glätten, die bald wieder zu Sand werden. Hoch oben, weit weg von den Menschen, eine riesige Fabrik, ein Mahl- und Sortierwerk, aber für wen und für was?

Diese Landschaft, als wäre sie ein Leben, wundert ihn immer mehr.

Er kommt gar nicht mehr runter.

Er meint, über einen riesengrossen Frauenkörper zu laufen, mit all seinen Hügeln, Rundungen und Öffnungen. Mit geschlossenen Augen stellt er sich vor, eine Riesin läge unter ihm. Er massiert sie mit den Füssen, durchwalkt ihren Körper.

Er schämt sich nicht mehr wegen des *Mädchenherzens,* das wie ein Uhrwerk in ihm schlägt.

Er zeichnet ihre Geographie nach, eine Anatomielektion, erklimmt Brustwarzen, durchquert Spalten ihres grossen verwahrlosten Körpers.

Eine intime Fremde ist die Welt.

Nach und nach ist er wie in Trance. Er ruft laut die Namen der Berge (Montcalm, Mont Mort, Mont de l'Étoile, Montenvers) und Gipfelhelden (Goliath, Bella

Lui, Maya, Pleureur, Diablons), er listet ihre weitverstreuten Glieder auf, die *Zinnen* und *Zacken, die Türme,* er besingt *Felsnadeln, aiguilles, Dornen* und *Bergspitzen,* die sich abwechselnden *comba* und *crêta,* stimmt die Litanei der *Hörner* an, der tausend *fourches, forchetta, forclaz* und *furka,* der *Nadelöhrpässe,* des *piz* oder *picco,* des *fenêtre, fénestral* oder *finster,* und zählt die *Risse* und *Ritzen* im Eis auf, die *Spalten* und *Schründe …*

Strich, Punkt, Strich … Punkt, Punkt, Strich … Der Junge hat sich im Nebel verloren, am Fusse eines vereisten Gebirgskessels. Um ihn herum ist alles Watte, durch die kein einziges Geräusch mehr dringt. Er friert noch nicht. Nicht so lang an einem Fleck bleiben, nicht stehenbleiben, weitergehen, keine Körperwärme verlieren. Wie lange wird er so aushalten können?

Strich, Punkt, Strich … Punkt, Punkt, Strich … Morsezeichen im Schnee, die Einschnitte seiner Skier und der runde Abdruck der Stöcke. Ihre Bedeutung? Weisen sie zum oberen Rand des Tals oder führen sie in die Schluchten und Hohlwege hinein? Wie viele Spuren kreuzen sich hier?

Strich, Punkt, Strich … Punkt, Punkt, Strich … Ein Stück weiter dann andere Kürzel, wie eine Wiederholung der gleichen chinesischen Schriftzeichen, die Spur eines Vogels, den der Himmel gepackt hat. Ein Schneehuhn wahrscheinlich, das sich in ein Loch im Schnee gekauert hatte und erschreckt aufflog, als er mit seinen Brettern angestapft kam …

Der Junge zögert jetzt nicht mehr. Entschlossen

schiebt er sich in den Nebel hinein, unruhig und fröhlich, fast überschwänglich. Er denkt an den leichten Vogel, *mit einem Flügelschlag kann er nach oben weg, während ich hier im Kreis laufe, in diesem kalten Zimmer. Vielleicht ist ja alles nur ein Traum.*

Aber er ist selbst Sklave seines Abbilds: Was für eine Arbeit es macht, ein Bild aufrechtzuerhalten, auf dem er immer gefährdet ist!

Simone de Beauvoir

Die «Gendertheorie» an den Schulen zu unterrichten komme einer «ideologischen Kolonisation» gleich, so Papst Franziskus, und dies sei unter anderem ein Aspekt des «Weltkriegs zur Zerstörung der Ehe».

Le Monde, 3. Oktober 2016

Meine Gedanken, mein Glauben, meine Abneigungen, meine Instinkte und Gefühle, all das bliebe mir selbst ein Geheimnis und ich könnte sie nur dem Zufall zuordnen, wenn ich nicht in der Vergangenheit die Seite läse, die derjenigen vorausgeht, auf der ich mich im universellen Buch einschreibe. Meine Individualität hat für sich allein weder Sinn noch die geringste Wichtigkeit. Bedeutung bekommt sie nur als Parzelle des allgemeinen Lebens aller Mitmenschen, und nur dadurch wird sie Geschichte.

George Sand

Nachwort

Nicole Baur

«Wenn die Frauen, die einer Sozialisationsarbeit unterworfen sind, welche auf ihre Herabsetzung und Verneinung zielt, eine Lehre negativer Tugenden wie Selbstverleugnung, Resignation und Schweigen durchmachen, sind die Männer gleichfalls Gefangene und auf versteckte Weise Opfer der herrschenden Vorstellung. Denn genau wie die weiblichen Dispositionen zur Unterwerfung sind auch die Dispositionen, die die Männer dazu bringen, die Herrschaft zu beanspruchen und auszuüben, nichts Naturwüchsiges. Auch sie müssen erst in einer langwierigen Sozialisationsarbeit, das heisst, einer Arbeit der aktiven Unterscheidung in bezug auf das andere Geschlecht, konstruiert werden.»

(Pierre Bourdieu, Die männliche Herrschaft, 1998)

Während sich zahlreiche *Gender Studies* mit der Konstruktion, der Sozialisation der kleinen Mädchen, und daraus folgend, dem weiblichen Identifikationsprozess beschäftigen, gilt gleiches keinesfalls für das männliche Gegenstück. Gehörte es mit zum Privileg der Männer, dass man sich nicht mit ihren Privilegien beschäftigte? Dabei sind doch, wie es der Soziologe Pierre Bourdieu präzise formulierte, die Konstruktion der weiblichen Identität und die männliche Konstruktion untrennbar miteinander verbunden.

Dank den Gender Studies wurde etwas, was man lange als «natürliche» Gegebenheit hingenommen hatte, sowohl zur Grundlage vertiefter Betrachtung als auch zum Gegenstand heftiger Kontroversen. *Den Jungen machen* bezeichnet in diesem Zusammenhang die Position zu hinterfragen, die es als evident erachtet, das Maskuline als logisches Gegenstück des Femininen zu sehen.

Jérôme Meizoz unterbreitet uns eine zebrahafte Geschichte. Er verflicht Kindheitserinnerungen und einen Roman um einen jungen Mann, der für sich die Wahl getroffen hat, das älteste Gewerbe der Welt auszuüben. Damit widmet er sich einem Beruf, dem seit Tausenden von Jahren praktisch exklusiv Frauen nachgehen. Mehr als jede andere Aktivität ruft die weibliche Prostitution Fantasien und Mystifizierungen, aber auch Verachtung und Verfolgung hervor. Und sie hat ohnegleichen die Literatur inspiriert und verführt.

Den Prostituierten wird auch die Aufgabe zugedacht, die jungen Männer an den Genuss des Fleisches heranzuführen; ein Übergangsritual als Teil der Erziehung junger Männer. Dabei ist das landläufige Fantasiegebilde über die Prostituierten nie sehr weit vom männlichen Bild der Frau entfernt, Jungfrau oder Hure, heilig oder unzüchtig, naiv oder übermächtig.

Im Wechsel zwischen einem heranwachsenden Jungen in den siebziger Jahren in einem Kanton, noch stark gekennzeichnet durch die Religion, die patriarchale Herrschaftsstruktur, und der sexuellen Aktivität des jungen

Mannes von heute konstruiert sich ein anachronistischer Dialog in Form eines Spiegels. Die Erziehung im Wallis ist sehr traditionell, geprägt von zahlreichen markanten, teils auch brutalen Erfahrungen und einer Abfolge von Übergangsritualen.

Dieser Kindheit wird der Alltag eines jungen Mannes von heute gegenüber gestellt, der sich um das Befinden von mehr oder weniger unglücklichen, einsamen und vernachlässigten Frauen kümmert, Frauen, denen er Liebkosungen und Zärtlichkeit gibt, allerdings ohne in sie einzudringen. Er besteht auf dieser Distanz und schliesst jede affektive Bindung aus. Die Frauen sind verheiratet, die meiste Zeit langweilen sie sich. Sie wenden sich von ihrem Ehemann ab, man sieht, wie ihre Kinder das Nest verlassen … Sie suchen nach einem Sinn in diesem plötzlich leeren und einsamen Leben. «Die Kundinnen kommen mit ihrer ganzen kleinen Welt zu mir. Meistens jammern sie … über den Mann, die Einsamkeit zu Hause, über Freunde … Ich würde ihnen gern abgewöhnen, an all das zu glauben, woran sie leiden …» (S. 73).

Und er hört zu, aufmerksam, er verschafft Wohlgefühl, methodisch, stets professionell, immer unter Wahrung seiner Grenzen. Das ist seine Aufgabe, keine Beziehung. Was repariert der junge Mann? Jahrhunderte männlicher Vorherrschaft? Welche Befriedigung findet er bei diesen Kontakten? Versucht er lediglich, der Fabrik zu entgehen, wie er sich dies einzureden scheint, oder erfüllt er die Aufgabe, tausend Jahre männlicher Dominanz und sexuellen Elends auszugleichen?

Der Wechsel zwischen Recherche und Roman lebt von seiner Resonanz. In der Welt des Jungen gilt es, männlich, stark, brutal zu sein. Man muss trinken können, sich über die Mädchen lustig machen, aber sie auch zu nehmen wissen, zu besitzen. Während die Mädchen ehrbar und anständig sein müssen, nicht zu laut sprechen sollten, sich diskret zu verhalten haben, um dabei aber auf jeden Fall passiv auf den Märchenprinz zu warten. Denn das ist gewiss das Ziel: zu heiraten. Die grösste Schande ist es, ein „«altes Mädchen» zu bleiben. Gewiss sind auch die jungen Männer dafür bestimmt zu heiraten, aber sie haben Zeit, viel weniger Druck, und sie haben die Macht. Es ist an ihnen, den ersten Schritt zu machen, zu wählen. Den Mädchen eignet die Passivität, der umgrenzte Raum und das Warten, den Jungen die Initiative, die Aktion, die Beherrschung der Zeit und das weite Meer … Dominierende und Dominierte.

Nach den rituellen Erfahrungen des Knaben begegnet der junge Mann dem Elend der reifen Frauen, die in ihm einen Tröster suchen. Versucht er dabei seine früh verstorbene Mutter zu «reparieren», von der man nicht weiss, ob sie sich dazu entschieden hat, von dieser Welt zu gehen?

«Du wirst ein Mann, mein Sohn!» Anordnung, Ermutigung, Offenbarung Versprechen; dieser eine Satz von Rudyard Kipling, der daraus ein Gedicht gemacht hat (1910) resümiert die Erziehung des Jungen. Aber was bedeutet es, «ein Mann zu sein»? Man rätselt, ob es sich dabei um etwas Nobles, Grosses, Braves, Stolzes oder Ehrenhaftes handelt. Was sagt man über die Aufforderung (was man übrigens nicht sagt …): «Du wirst eine Frau sein, meine Tochter?»

Plötzlich scheint der Horizont begrenzt; was bedeutet Frau, wenn es nicht heisst «Mutter von …» oder «Frau von …»? Ein Leben im Dienste der anderen, ein Leben, das sich definiert durch die anderen und für die anderen? Ein Leben der Unterordnung, der Aufopferung, der Selbstlosigkeit, oder der Beachtungslosigkeit «zwischen einem Tisch und einem Schrank», wie Jean Ferrat in den Siebzigern sang («Man sieht die Zeit nicht vorbeigehen»). Ein Leben, das sich nicht gehört, ein Körper, der sich nicht gehört, ein Leben zur Verfügung der anderen, ein Körper zur Verfügung …

Iris von Roten, Walliserin durch Heirat und Feministin vor der Zeit, lehnte sich auf gegen die Bestimmung der Frauen. Ihr Werk «Frauen im Laufgitter» war ein Skandal (1958). Sie verstarb unverstanden. Die Frauen, welche heiraten, heiraten nicht nur einen Mann, sondern einen Haushalt, lautete ihre Feststellung. Gleichgültig ob sie gebildet oder ohne Beruf sind, intelligent oder unwissend, schön oder hässlich, sie machen alle mehr oder weniger dasselbe und werden Hausfrau … Die Vielfalt für die Knaben, der beschränkte Horizont für die Mädchen …

«Frauen haben seit Jahrhunderten als Spiegel gedient, Spiegel mit der magischen und erhebenden Kraft, die Gestalt des Mannes in doppelter Größe wiederzugeben», schreibt Virgina Woolf in «Ein eigenes Zimmer» (1929). Die Spiegel sind zerschlagen, die Frauen vermitteln nicht mehr dieses beruhigende Bild, wie auch die Männer nicht mehr für die Sicherheit nach der Heirat garantieren. Das Schicksal der einen wie der anderen wurde individuell, losgelöst von der Gruppe, aber ohne Zweifel nicht frei von den Stereotypen, welche schwer zu verbannen sind. Der Geschichte von Jérôme Meizoz kommt das Verdienst zu, die männliche Identität in Frage zu stellen. Wer bin ich?

Knabe oder Mädchen? Ist mein biologisches Geschlecht nicht bloss ein Charakteristikum meiner Personalität, nur ein Element des Zufalls, welches nicht bestimmender ist als die Farbe meiner Augen, meiner Haare oder meiner Hautfarbe? Mädchen oder Knabe, was macht das für einen Unterschied, was ändert das? Das war auch der Titel einer Ausstellung in Lausanne des Büros für Gleichstellung des Kantons Waadt und der EPFL (2013), welche kleine Knaben und kleine Mädchen einlud, sich diese Frage zu stellen.

Jérôme Meizoz, trägt durch seine Arbeit zur Reflexion und Infragestellung der Dominanz der Knaben und der Männer bei. Diese Position hat auch ihr negatives Gegenstück in der Gewaltausübung gegenüber anderen, gegen sich selbst, in Bezug auf die Gewalt gegenüber Frauen und vielleicht noch in einer viel tieferen Unordnung, die Pierre Bourdieu beschreibt: «Das männliche Privileg ist auch eine Falle und findet seine Kehrseite in der permanenten, bisweilen ins Absurde getriebenen Spannung und Anspannung, in der die Pflicht, seine Männlichkeit unter allen Umständen zu bestätigen, jeden Mann hält. (…) So trägt alles dazu bei, aus dem unmöglichen Ideal der Männlichkeit das Prinzip einer außerordentlichen Verletzlichkeit zu machen.»

Anmerkungen und Verweise

Ausser den Quellenangaben zu *Recherche 7* und *Roman 21* sind alle Zitate von der Übersetzerin aus dem Französischen ins Deutsche übertragen worden.

Recherche 4, S. 22–23: Annie Ernaux, *Regarde les lumières mon amour,* Seuil, 2014.

Roman 5, S. 29: «Niemand ist berechtigt, sich mir gegenüber so zu benehmen, als kennte er mich.» (Robert Walser, Das Kind (III) in: *Die Rose,* Sämtliche Werke in Einzelausgaben, Achter Band, Suhrkamp, 1986). Der berühmte Satz von Walser ist hier dem Jungen in den Mund gelegt.

Recherche 6, S. 31–32: Dr Wagner & Dresse Grotten, *La Santé des familles,* Éditions Sanitas, Paris-Berne-Strasbourg, 1935, S. 422.

Roman 6, S. 35: Dank an François Bon und seinen inspirierenden Roman *Daewoo,* Fayard, 2004, in dem man lesen kann: «Schön ist dieses Wort, Unruhe, es beruhigt.»

Recherche 7, S. 38: In der deutschen Fassung wird folgende Übersetzung zitiert: Jean Genet, *Notre-Dame-Des-Fleurs,* Werke in Einzelbänden, Band 1. Aus dem Französischen von Gerhard Hock, Merlin Verlag, Gifkendorf-Vastorf, 1998, S. 252.

Recherche 10, S. 51–52: Psychomédia, http://www. psychomedia.qc.ca/education/2011-08-30/orientationsexuelle-80-deputes-ump-reclament-le-retrait-de-manuels-sco-laires, 30. August 2011.

Recherche 13, S. 66: Dr Wagner & Dresse Grotten, La *Santé des familles,* 1935, S. 424.

Recherche 15, S. 76–77: Rubrik «Questions essentielles» der Website Catholique.org https://qe.catholique.org/genetique/37537-qu-est-ce-que-la-theorie-du-gender (2014)

Recherche 16, S. 83: Dr Wagner & Dresse Grotten, La Santé des familles, 1935, S. 423.

Recherche 17, S. 88–89: Mona Chollet, «Moumoutes, flingues et talonnettes», *Le Monde diplomatique,* August 2016.

Roman 20, S. 106–107: Verschiedene Werbeanzeigen aus dem Internet oder als Email verschickte Werbung.

Roman 21, S. 112–113: Marcel Proust, *Auf der Suche nach der verlorenen Zeit; Im Schatten junger Mädchenblüte,* Band 2. Aus dem Französischen von Bernd-Jürgen Fischer, Reclam, Frankfurt, Leipzig 2017

Recherche 22, 23, 24, 25: Das Internet quillt über von Ratschlägen dieser Art, auf Seiten von Coachs oder in Foren. Für diese Recherche wurden Plattformen wie Wikihow konsultiert.

Roman 25, S. 127: Der Indianerstamm der Piegan im Norden Kanadas kennt «Frauen mit einem Männerherz» und erkennt sie an, vgl. Oscar Lewis, «Manly hearted women among the North Piegan», American anthropologist, Nr. 43, 1941, S. 173–187.

Recherche 27, S. 134: Aussage eines in die Bundesversammlung gewählten Mitglieds der SVP, Radio Suisse Romande, Frühjahr 2016.

Recherche 28, S. 139–141: Im Unterricht der «Christlichen Religion» an einem kantonalen Gymnasium ausgeteilte Arbeitsblätter, ausgehändigt vom Elternteil eines Schülers.

Danksagung

Ich danke Valérie Cossy, Sophie Guerry,
Martine Rossier und Stéphanie Pahud
für den Austausch und ihre Anregungen.

Ich danke meiner Verlegerin Caroline Coutau,
die das Projekt mit Feinsinn begleitet hat,
sowie dem gesamten Team der Éditions Zoé.

Ich danke Françoise Pétrovitch für ihre Zustimmung
zum Abdruck eines ihrer Werke auf dem Deckblatt.

Ich danke Mona Chollet und Annie Ernaux für ihr
Einverständnis dazu, ihre Texte zu zitieren.

Der Verlag dankt Pro Helvetia, Schweizer Kulturstiftung, für den Übersetzungsbeitrag.

Telefon ++41 (0)44) 385 55 10 | www.elsterverlag.ch | info@elsterverlag.ch

ISBN 978-3-906903-05-7

Die französische Originalausgabe erschien 2017 bei Éditions Zoé, Lausanne und dem Titel «Faire le garçon».

Umschlagabbildung: Mandy Lau, CDN-Vancouver
Druck: CPI Clausen & Bosse, D-Leck
Gesetzt aus der Adobe Garamond 10,5/13, 5, LW 5

Bibliographische Information der Deutschen Bibliothek:
Die Deutsche Nationalbibliothek verzeichnet diese Publikation in der Deutschen Nationalbibliografie; detaillierte bibliografische Daten sind im Internet über http://dnb.d-nb.de abrufbar.